Silke Schäfer

Nachts in der Bücherei

SILKE SCHÄFER

INHALTSVERZEICHNIS

DIE MISCHUNG MACHT'S

Bei der Frage, zu welchem Genre dieses Buch gehört, habe ich lange überlegt und bin zu keinem eindeutigen Ergebnis gekommen. Ich würde es als eine Art entspannten Spaziergang querfeldein bezeichnen, mit einem Blick auf Blumen der Fantasie und gelegentliche fiktionale Auswüchse sowie hier und da eine kleine Überraschung, das alles unter einem mystisch bunt angehauchten Firmament, Ironievögel fliegen dahin.

Solche Texte entstehen, wenn der Geist nur einen kleinen Auslöser braucht, um fröhlich drauflos zu spinnen. Schon eine bestimmte Themenvorgabe, die Szene in einem Film, eine Besonderheit des Alltags genügt. In jedem Moment liegt die Kraft, uns zumindest in unserer Vorstellung zu parallelen oder ganz anderen Realitäten zu katapultieren.

In unseren Träumen tun wir das ständig, warum also nicht auch in der wachen Phase?

Viel Spaß also wünsche ich, und viele bunte Bilder im Kopf, bei den folgenden Kurzgeschichten. Mögen sie für neue und interessante Träume sorgen.

Silke Schäfer   Februar 2025

Mein Name ist X20 Furiel, und ich arbeite bei der Allgemeinen Intergalaktischen Behörde, in der Abteilung Katastrophenmanagement Milchstraße. Zurzeit führen wir eine großangelegte Bestandsaufnahme aller Planeten durch, um im Fall einer notwendigen Evakuierung eine Auswahl an Zielen zur Neubesiedlung zu haben.

Nebenbei ist es durchaus möglich, auf diese Weise weiteres intelligentes Leben zu entdecken. Das finde ich spannend. Sie auch? Dann begleiten Sie mich doch, ich erzähle Ihnen gern mehr darüber.

Um über die vorhandenen Planeten beziehungsweise deren Eignungsgrad umfassend informiert zu sein, benutzen wir eine brandneue Technik, welche die Untersuchung ganz immens beschleunigt und „24-Stunden-Scan" heißt. Schließlich gibt es sehr, sehr viele Planeten, und wir sind jetzt schon überlastet.

Mir wurde dieser Sektor am Rande des Spiralnebels zum Scannen zugeteilt. Keine sonderlich interessante Gegend, da erwarte ich eigentlich nichts Spektakuläres.

Aber gut, so kann ich Ihnen direkt mal vorführen, wie der 24-Stunden-Scan funktioniert. Nehmen wir den Planeten da hinten als Beispiel, diesen blauen da. Er hat Wasser, Land und eine Atmosphäre, fällt also in die Kategorie, die für die Behörde interessant ist und darum näher untersucht werden soll.

Ich stelle den Scan ein, visiere das Objekt an – aha, da wird ein Alter von ca. 4,6 Milliarden Jahren angezeigt – und jetzt fahre ich den Schieberegler runter auf Null. Der Scan wird den Entwicklungsverlauf des Planeten so zeigen, als ob um 0.00

Uhr alles begonnen hätte und wie es bis zur Gegenwart bzw. 24.00 Uhr damit weitergegangen ist. Diese Informationen sind für uns sehr wertvoll, denn aus Vergangenem kann man in gewissem Maß auch immer auf Zukünftiges schließen. Das ist auf planetarer Ebene nicht unwichtig.

Also, dann sehen wir mal. Klick, die Zeit läuft an. Hier auf dem Monitor können Sie alles mitverfolgen. Sehr praktisch, so ein Zeitraffer, nicht wahr?

0.00 Uhr – unser Startpunkt. Da haben wir also diese riesige Wolke aus Gas und Materie aus einer vorangegangenen Explosion, sie zieht sich allmählich zusammen. Hier entstehen mehrere Planeten, die Rotation formt aus dem Material verschieden große Bälle, und wir konzentrieren uns auf den hier. Durch seine Gravitationskraft zieht er weitere Materie an und wächst dadurch, übrigens ist er unvorstellbar heiß.

So, jetzt hat er wohl seine endgültige Größe erreicht, ein Ball aus nichts als Glut. Sehen Sie all diese verschiedenen Rottöne? Eigentlich ein schöner Anblick. Bestimmt leuchtete er am Himmel wie ein Edelstein.

Aber weiter. Der Planet kühlt nun langsam ab, die Masse verkrustet an der Oberfläche. Das wird eine ganze Weile dauern, glauben Sie mir.

Oh, was ist das? Da kommt was Großes angeflogen, einer der anderen Planeten! Er trifft ihn… nein, er zieht vorbei. Doch! Er hat getroffen. Ach je… unser noch sehr flüssiger Planet schluckt zwar den kleineren, dafür schießt auch wieder Materie hinaus.

Jetzt ist er kaputt.

Aber wir sehen: Das ist nicht sein Ende, die Rotation bringt die Dinge wieder in Form. Der Planet wird erneut rund, und aus dem abgesprungenen Teil ist auch ein kleiner Ball geworden. Das Abkühlen und Verfestigen geht zwar weiter, doch es herrscht keine Ruhe. Die Oberfläche besteht praktisch nur aus Vulkanen. Nun gibt es jede Menge Meteoriteneinschläge, die richten zum Glück keinen Schaden mehr an. Im Gegenteil, sie bringen Eis mit. Jede Menge Eis aus der Tiefe des Weltraums. Es schmilzt, verdampft und bildet Wolken, sie regnen ab. Der Regen trifft auf den heißen Boden, verdampft und bildet neue Wolken, aus denen es noch mehr regnet.

Unsere Scan-Uhr geht inzwischen auf vier Uhr morgens zu. Nichts als Wolken, und was da so hell zuckt, sind Blitze. Ein globales Gewitter mit einem globalen Wolkenbruch, da möchte man lieber ganz woanders sein. Nicht so diese Bakterien, sieh mal einer an. Wann sind die denn aufgetaucht? Scheinen sich dort aber wohlzufühlen.

4.10 Uhr morgens, der Planet scheint sich größtenteils beruhigt zu haben. Die Oberfläche ist jetzt zu sehen – schön, dieses Blau, oder? Da haben wir auch einen Landanteil mit Steinen und Geröll, sonst ist da nichts.

Auch in den nächsten Stunden nur Bakterien, sonst tut sich anscheinend nichts. Holen wir uns was zu trinken.

Sehen Sie, wie die Landmasse sich bewegt? Sie zerbricht in Stücke, denn der Planet ist nicht durchgekühlt. Unter der vergleichsweise dünnen Oberfläche gibt es immer noch das heißflüssige Innere, und das ist in ständiger Bewegung. Die Landteile schwimmen sozusagen darauf herum, stoßen sich an und entfernen sich wieder.

16.00 Uhr am Nachmittag, da im Wasser rührt sich endlich was. Tatsächlich können wir jetzt erstmals von mehrzelligem Leben sprechen. Noch winzig, aber mit Wachstumspotential. Aus den einfachen Formen werden komplexere, bald wimmelt es in allen Meeren von ihnen. Und als Abfallprodukt des Lebens entwickelt sich jetzt eine Atmosphäre.

Schon 21.30 Uhr, die haben ganz schön lange gebraucht. Es gibt mittlerweile auch recht große Exemplare, denen möchte ich nicht zwischen die Scheren geraten. Fressen und gefressen werden. Sehen Sie diesen Schatten da im Hintergrund? Ich zoome mal ran. Der ist länger als ich von Kopf bis Fuß messe.

Vielleicht ist es einer Art im Wasser zu gefährlich geworden, jedenfalls kriecht gegen 22.00 Uhr dort etwas an Land und findet auch schnell Nachahmer. Beine statt Flossen – ja, das ergibt Sinn. Und weil da nicht nur trockenes Land, sondern inzwischen auch Luft ist, haben wir etliche Krabbler, die über Flügel verfügen.

Einmal in Gang gesetzt, ist die Entwicklung neuer Formen nicht aufzuhalten. Und es werden nicht nur mehr, sie werden auch größer, die Wechsel schneller. Wie es scheint, sind sogar mehr als einmal fast alle Lebewesen ausgestorben, doch dann entwickeln sich wieder neue. Sowohl im Wasser wie auch an Land gibt es die unglaublichsten Gefahren.

O-oh, da nähert sich wieder etwas. Da, von der Seite, können Sie es erkennen? Er ist nicht so groß wie der zu Anfang, aber dieser Brocken trifft genau. 23.40 Uhr, das war's dann wohl. Die Wolken legen sich um den gesamten Planeten, da wird nicht viel überlebt haben. Wirklich schade.

Aha … jetzt können wir wieder klar sehen, und was sehen wir? Nichts. Nur so ein paar winzige fellige Lebewesen und primitivste Pflanzen, da fängt jetzt alles wieder von vorn an.

Wieviel Zeit haben wir denn noch bis zur Scan-Mitternacht? 6 Minuten. Das ist nicht viel; ich bin gespannt, ob das Leben dort aufgegeben hat oder ob da noch was ist.

Oh! Doch, da ist Leben, und das ist erstaunlich. Eine große Artenvielfalt haben wir wieder, und die meisten völlig anders als vor dem Asteroideneinschlag. Im Wasser gibt es wieder jede Menge von diesen Wesen mit Flossen, an Land tummeln sich unzählige Formen und Farben, und in der Luft sind nun außer den beflügelten kleinen Krabblern mit sechs Beinen auch viele von den größeren mit zwei Beinen.

Die Zusammensetzung der Luft ist nah an dem, was wir auch atmen können, also wäre dieser blaue Planet tatsächlich eine mögliche neue Heimat für uns. Schön, dass ich meinen Vorgesetzten diesen Treffer melden kann.

Nach intelligentem Leben sah das alles ja nicht aus, also würden wir niemanden stören.

So, und hiermit sind wir jetzt bei den letzten Sekunden, also am Ende mit unserem Scan. Ich zähle runter, und 3 – 2 – 1 – halt, Moment! Haben Sie das auch gesehen? Ich fahre den Schieberegler nochmal eine Winzigkeit zurück.

Da – sehen Sie, was ich meine? Moment, ich zoome näher ran. Dieses Wesen da, anscheinend eine Mutation dieser anderen pelzigen Lebensform … ich lasse mal die letzte Aufnahme als Standbild. Etwas stimmt nicht. Ich rufe die Detailübersicht auf … eben war der Planet noch völlig in Ordnung, und plötzlich, mit dem Erscheinen dieser Lebensform, sehen wir verschmutztes Wasser, schlechtere Luftwerte, außerdem ein großes Artensterben. Auch den Pflanzen geht es nicht mehr gut, der Bewuchs schwindet rasch.

Was ist da los?

Wenn der Planet jemand wäre wie Sie und ich, würde ich sagen, der Gute hat sich einen Virus eingefangen und ist mächtig krank. Das unbekannte Etwas frisst ihn förmlich auf.

Jetzt in der Großaufnahme sehen wir, wie kleine Partikel von der Oberfläche abspringen und in den freien Raum gelangen. Da ich nicht annehme, dass dort jemand Raumfahrt betreibt, heißt das für mich: Die Krankheit, an der dieser Planet leidet, ist ansteckend.

Tja … doch kein Treffer. Ich werde der Behörde empfehlen, diesen Raumsektor vorsichtshalber auf unbestimmte Zeit zu sperren, und vielleicht machen wir nach einer Weile nochmal einen Scan.

Hoffen wir, dass der blaue Planet sich erholt. Es wäre doch zu schade drum.

★

Es war der Dezember, der an seinem Ende ins neue Jahrtausend führen sollte. Für viele Leute ein Grund zu Weltuntergangsstimmung und bangem Warten. Nicht so jedoch für Familie Schlönhauer, die sich aufgrund eines üppigen Weihnachtsgeldes endlich einen Traum erfüllen und eine Reise nach Ägypten buchen konnten.

Dieses Last-Minute-Angebot hatten sie nicht ausschlagen können: Eine Woche Nilkreuzfahrt mit anschließendem Transfer nach Kairo und großer Silvestergala in einem Luxushotel bei den Pyramiden.

Die Schlönhauers waren eine sehr nette Familie, man gönnte ihnen diesen Ausflug in exotische Welten gern. Vati, mit leichtem Bauchansatz und beginnendem Grau im schütteren Haar, war neben seiner leitenden Stellung in einer großen Firma ein Naturfreund im Allgemeinen und begeisterter Hobby-Ornithologe im Besonderen. Er wurde es nicht müde, sich über die ägyptische Vogelwelt auszulassen und immer wieder Darstellungen des Horusfalken zu fotografieren. Mami, Enddreißigerin von mütterlichem Typ, sammelte Kochrezepte. Wo immer es lecker roch, sprach sie ohne Scheu die Einheimischen an und ließ sich zeigen, wie man dies und jenes zubereitete und welche Gewürze dafür verwendet wurden. Bubi schließlich, einziger Sprössling und durch Mamis Küchenkünste ein wenig zu gut genährt, war mit seinen zwölf Jahren immer noch ein eifriger Leser von Abenteuergeschichten, mit einem besonderen Faible für das alte Ägypten. Seit Neuestem schwärmte er heimlich für ein Mädchen von seiner Schule, das mit seinen schwarzen

Locken und der olivfarbenen Haut einer antiken Prinzessin nicht unähnlich sah.

Die Familie hatte bisher alle angebotenen Programmpunkte des Reiseveranstalters mitgemacht und nebenher auch reichlich Souvenirs eingekauft. Denn wer konnte schon sagen, ob man je wieder die Chance hatte, eine solche Reise zu machen?

Den heutigen Tag hatten sie im Basar verbracht und saßen nun mit müden Füßen auf der Hotelterrasse, heißen Pfefferminztee vor sich und die Pyramiden in dunstiger Sichtweite. Mami packte stolz die heute erstandenen Schätze aus.

„Ich habe ihn auf die Hälfte des Preises herunterhandeln können. Ein ganz unaufdringlicher Händler, ich fand ihn sehr sympathisch", freute sie sich und hielt sich das glitzernde Kleid an. „Das werde ich heute zur Silvesterparty anziehen. Die kleinen Parfümfläschchen hat er mir dazugegeben, die verschenke ich aber an die Kusinen. Vati, was hast du denn gekauft?"

Vati tat erst ein bisschen geheimnisvoll und zog dann eine goldene Kette mit einem Horus-Anhänger hervor.

„Die ist für dich, Liebes. Heute Abend bist du die Schönste."

„Oooh, die ist ja wunderschön ... Vati ... aber das war doch nicht nötig."

Bubi verdrehte innerlich die Augen und wandte sich ein bisschen weg. Solch emotionale Ausbrüche seiner Eltern waren ihm immer etwas peinlich. Hoffentlich küssten sie sich jetzt nicht auch noch. Nein, sie guckten sich bloß wieder so komisch an, und gleich würden sie vermutlich ihren Tee runterkippen und ihm sagen, dass sie sich noch eine Weile „ausruhen" wollten, bevor es zum Abendessen ging.

Kein Problem. Er hatte sein eigenes Hotelzimmer, einen Flur weiter, und er würde sich schon nicht langweilen. Dort angekommen, leerte Bubi seinen Rucksack. Der Kairoer Basar war eine Wunderwelt für sich, und der Junge hatte sich auf eigene Faust ein paar Läden weiter gewagt, während seine Eltern noch damit beschäftigt waren, um das Kleid zu feilschen.

Vorsichtig schälte er die zwei kleinen Katzenstatuetten aus ihrer Papierhülle und stellte sie auf die Kommode. Sie waren perfekt geformt, mit goldfarbenen Hieroglyphen verziert, die Augen gläsern eingelegt, sodass sie fast echt wirkten.

„Du bist ein Geschenk für Amelie", flüsterte Bubi und strich der hellen Katze über den Kopf. „Ich meine natürlich, falls ich sie überhaupt anspreche. Wenn sie immer noch mit Kevin herumhängt, lasse ich das besser. Der macht mich fertig. Aber ich weiß, dass sie Katzen liebt. Also, vielleicht habe ich ja Glück."

Er tippte der dunklen Katze sanft auf die Brust. „Und du wirst bei mir bleiben. So hätte ich etwas mit Amelie gemeinsam, das fände ich schön."

Der Abend kam. Die Hotelleitung hatte keine Kosten und Mühen gescheut, für eine festliche Atmosphäre zu sorgen. Das Menü war üppig und erlesen (Mami machte sich heimlich Notizen in einem winzigen Büchlein), unterbrochen von allerlei tänzerischen und akrobatischen Darbietungen. Alle Gäste hatten sich besonders fein herausgeputzt, manche Frauen trugen schwer an ihrem Schmuck. Aber Mami in ihrem paillettenübersäten Kleid schritt wie eine Königin daher und überstrahlte tatsächlich alle. Vati daneben, in schlichtem Schwarz, hielt sich überaus stolz.

Bubi war nicht so eitel, aber er war ebenfalls in Sonntagsstaat. Er dachte an Amelie und fragte sich, wie sie wohl gerade die Silvesternacht verbachte und ob ihr sein Mitbringsel gefallen würde.

Kurz vor Mitternacht gingen die Gäste hinaus auf die große Terrasse, um von dort das Feuerwerk bei den Pyramiden sehen zu können. Der üppige Lichterschmuck an den Gebäuden strahlte in allen Farben, in verschiedenen Sprachen wurde heruntergezählt.

„Drei, zwei, eins! Ein frohes Neues Jahr!"

Während die Menschen sich lachend umarmten, mit ihren Sektgläsern anstießen, die Feuerwerkskörper zündeten oder auf sonstige Weise das neue Jahrtausend begrüßten, gab es bei den Pyramiden eine Veränderung.

Mit dem bloßen Auge nicht wahrnehmbar und selbst mit empfindlichen Geräten (so man sie überhaupt gehabt hätte) kaum messbar, wanden sich unzählige feine Linien aus Energie vom sandigen Boden aus die Millionen Steine hoch bis zur Spitze. Pulsierend zeichneten sie die einstige glatte Form der Pyramiden nach und bildeten jede noch so kleine Verzierung ab. Dann sprang das Energiebild wie unzählige Pünktchen in die Luft und verteilte sich einem Nebel gleich.

All das hatte nur wenige Augenblicke gedauert, und kein Mensch hatte es gesehen. Doch die Auswirkungen blieben nicht unbemerkt.

„Mami, du bist die schönste Frau in ganz Ägypten heute", sagte Vati, während er in ihre dunklen Augen sah, in denen sich das nahe Feuerwerk spiegelte. „Fast könnte man glauben, dass der Horuskopf leuchtet. Er steht dir ganz ausgezeichnet. Bestimmt bringt er dir Glück."

In Bubis Hotelzimmer drehten die beiden Katzenstatuetten die Köpfe zueinander und sahen sich aus gläsernen Augen an.

„Eine durchaus interessante Erfahrung", sagte die mit der helleren Tönung. „Ich glaube, da warten neue Aufgaben auf uns. Der Junge hat also eine Freundin namens Amelie?"

„Nein, aber die hätte er wohl gerne", mutmaßte die Dunklere. „Und anscheinend ist das nicht so einfach."

„Ach ja, junge Liebe – dieses Problem gibt es schon ewig und wird es ewig geben. Aber das regeln wir für ihn. Jeder weiß, dass ägyptische Katzen Glück bringen. Lass uns also Gutes tun. Wir haben tausend Jahre Zeit."

★

KALTE TRÄUME

Ich bin ein Kühlschrank und vor einigen Wochen in diesen Haushalt umgezogen. Mein vorheriger Besitzer gewann in einem Preisausscheiben eine supermoderne amerikanische Kühlkombination, also verkaufte er mich zu einem guten Preis, denn ich stand erst ein Jahr bei ihm.

Hier im neuen Heim kühle ich die Lebensmittel einer fünfköpfigen Familie, wenn man den Hund mitzählt. Der ist wie ein drittes Kind. Immerhin hat er schon einmal versucht, meine Tür zu öffnen, aber die Hausfrau kam noch rechtzeitig dazu, bevor er sich bedienen konnte.

In der Küche ist immer was los. Sie ist geräumig und gut ausgestattet, der Esstisch steht in der Mitte, vier Stühle drumherum. Oft machen die Kinder dort ihre Schularbeiten, und der Hund liegt zu ihren Füßen.

Obwohl der Sommer inzwischen vorbei ist, stapelt die Hausfrau in meinem Gefrierfach noch immer Eiscreme in sechs verschiedenen Geschmacksrichtungen. Die gibt es sonntags zum Nachtisch, und sie nimmt gern einen guten Schuss Eierlikör darüber. Der Hausherr hat andere Prioritäten, er befüllt mich regelmäßig mit Bierflaschen, damit bewirtet er dienstags die Freunde seiner Skatrunde.

Ziemlich enttäuscht bin ich über die Dinge, die sonst noch in meinen Fächern landen. Fast nur Abgepacktes, selten frische Lebensmittel, aus denen etwas Gesundes gekocht werden kann. Die Kühltruhe aus der Speisekammer nebenan meinte neulich, am gesündesten von allen hier lebt der Hund, denn der kriegt BARF. Das ist die Kurzform für *Biologisch Artgerechte Roh-Fütterung*, also Fleisch.

Meine Leute bevorzugen für sich offenbar Fast Food. Herd und Backofen haben nicht viel zu tun, die Mikrowelle dagegen brüstet sich damit, unverzichtbar zu sein. Nahezu jeden Tag hört man ihr nerviges „Ping!"

Nun haben wir bald Weihnachten, und von meinem Vorbesitzer weiß ich, wie es da zugeht. Er aß wenig Fleisch und war kein anspruchsvoller Kostgänger, doch an Festtagen leistete er sich gern etwas Besonderes. Zusammen mit frischem Gemüse und Obst zauberte er die tollsten Gerichte, kochte für sich auch Marmelade ein, und ich erinnere mich an selbst gesammelte Pilze. Vor allem der allgegenwärtige Plätzchenduft, der um diese Zeit durchs Haus zog … köstlich!

Das waren schöne Zeiten.

Aber der Mülleimer hier sagte mir, dass ich auf solche Einkäufe nicht zu hoffen brauche. Er hat nämlich zwei verschiedene Abteilungen für unterschiedliche Müllsorten und weiß, wovon er spricht. Plätzchen zum Beispiel werden hier nicht gebacken, sondern fertig gekauft, die Plastikverpackung landet bei ihm.

Interessant werden könnte es zu Silvester, da werden sich auf jeden Fall einige Sektflaschen zum Bier gesellen. Und angeblich veranstaltet man in diesem Haushalt traditionell zum Jahreswechsel einen Fondue-Abend. Dazu braucht es auch ein paar frische Zutaten. Ich lasse mich überraschen.

Danach wird es allerdings weitergehen wie bisher. Die Speisekammer ist gut bestückt mit Konserven, sagt die Kühltruhe.

Na ja, aber ich darf träumen. Davon, dass ich eines Tages weiterverkauft werde an jemanden, der noch gern selbst kocht.

★

Vergnügt pfeifend stieg Guido die marmornen Stufen zu seiner Wohnung hinauf. Es war spät, doch er fühlte sich beschwingt und noch keineswegs müde.

So wunderschön hatte die Cavalieri wieder gesungen, noch immer klang ihm ihre Stimme im Ohr. Jetzt ein Glas Rotwein, und vor dem Kaminfeuer noch ein wenig träumen.

Er hängte Mantel und Schal an den Haken und legte den Zylinder auf dem Vertiko ab. Die Handschuhe warf er schwungvoll hinein, bevor er sich zum Salon umwandte, wo er schon alles für einen stimmungsvollen Ausklang des Opernabends vorbereitet hatte.

Er war nur zwei Schritte weit gekommen, als er hinter sich ein Geräusch hörte. Er drehte sich um und sah seine Handschuhe auf dem Boden liegen. Guido runzelte die Stirn. Hatte er eben nicht richtig getroffen? Er hob sie auf, trat einen Schritt zurück, zielte genau und warf erneut.

Die Handschuhe verschwanden im Zylinder, dann war ein Kratzen zu hören, und sie schossen im hohen Bogen wieder heraus. Eine gewisse Entschlossenheit war darin zu erkennen. Der Zylinder wollte die Handschuhe nicht.

Bevor Guido Zeit für einen weiteren Gedanken hatte, tauchte ein weißes Kaninchen aus der schwarzseidenen Tiefe auf, schnupperte in die Runde und sah ihn aufmerksam an. Dann sprang es heraus, setzte sich neben die Kristallschale, in der Guido Visitenkarten abzulegen pflegte, und begann sich zu putzen. Der Zylinder wackelte etwas, als nacheinander sechs weiße Tauben daraus hervorflatterten und sich auf dem geschnitzten Spiegelrahmen über dem Vertiko niederließen. Falls Guido noch ihre Echtheit bezweifelt hatte, ein frischer Klecks auf der polierten Deckplatte überzeugte ihn.

Guido runzelte die Stirn. Vorsichtig nahm er den Zylinder und schaute hinein. Natürlich war er leer. Er drehte ihn um und schüttelte. Seidene Blüten fielen heraus. Er sah wieder hinein. Leer. Umdrehen, schütteln, noch eine Taube. Es wurde eng auf dem Spiegel.

Offenbar war das nicht sein eigener Zylinder.

Nicht gut.

Er ging in den Salon, goss sich Wein ein und setzte sich mit seinem Glas vor den Kamin. Er starrte in die züngelnden Flammen und dachte nach. Wie konnte das passiert sein? Wessen Kopfbedeckung war das, und wer hatte jetzt stattdessen die seinige? Da fiel ihm das Gedränge vor der Garderobe ein, jemand war über eines anderen Opernbesuchers Fuß gestolpert und beinahe hingefallen, durch seine wild rudernden Arme hatte er einige Hüte von einigen Köpfen gefegt. Er erinnerte sich an einen Mann, der gleichzeitig mit ihm seinen Zylinder vom Boden aufgehoben hatte. Ein Fremder, groß, etwa mittleren Alters, mit kantigen Gesichtszügen und dunklen Augen. Sie hatten wohl beide danebengegriffen. Und – wie merkwürdig – keinen Unterschied bemerkt.

Gar nicht gut.

Er prostete den Tauben zu, streichelte das Kaninchen und murmelte: „Vielleicht wäre es sogar nett mit euch, aber ich fürchte, meine Möbel leiden zu sehr darunter. Und wozu Kaninchen imstande sind, wissen wir auch alle. Bedaure also sehr, mein Lieben, aber bestimmt vermisst euch jemand schmerzlich. Außerdem habe ich Bedenken, wie dieser Jemand sich vielleicht verhält, wenn er die Verwechslung bemerkt. Also husch husch, wieder hinein mit euch!"

Behutsam bugsierte er Kaninchen und Tauben zurück in den Zylinder, stopfte die Seidenblüten hinterher und setzte ihn sicherheitshalber sofort auf. Dann griff er sich Mantel, Schal und Handschuhe und machte sich erneut auf den Weg zum Opernhaus, denn das war der einzige Ort, wo er mit seiner Suche beginnen konnte.

Dort angekommen fand er die Tür schon fest verschlossen, die Lichter gelöscht. Am Seiteneingang verabschiedeten sich gerade zwei Putzfrauen voneinander und gingen in verschiedene Richtungen davon. Guido stand allein auf dem leeren, stillen Vorplatz und wusste nicht so recht, wie es nun weitergehen sollte. Wenn er seinen eigenen Zylinder nicht wiederbekam, hatte er ein echtes Problem. Hoffentlich hatte der andere den unfreiwilligen Tausch auch schon bemerkt und dieselbe Schlussfolgerung gezogen.

„Ich glaube, wir beide sind zurzeit nicht gut behütet", ertönte eine sonore Stimme hinter ihm.

Guido drehte sich um und bemühte sich, sein Erschrecken nicht zu zeigen. Er hatte den Fremden nicht herankommen gehört. Er zwang sich zu einem Lächeln.

„Das ist tatsächlich so, und ich würde gern den richtigen Zustand wiederherstellen. Ein Versehen, das sich leicht korrigieren lässt. Nichts als Zufall. Gestatten, Guido diMare."

„Ein Zufall, Sie sagen es", erwiderte der Fremde. „Mein Name ist Leo Manca, den meisten Leuten allerdings bekannt als Der Große Sinistro. Sicher haben auch Sie schon die Plakate gesehen. Und genau aus diesem Grund kann ich mit Ihrem Hut nichts anfangen und brauche dringend den meinen."

Guido sah vor seinem geistigen Auge kurz eine reißerisch aufgemachte Ankündigung, die Werbung für ein „Magisches Bühnenspektakel" machte. Ja, das war der Mann. Und ja, ohne dessen eigenen Zylinder wurde nichts daraus. Jedenfalls nicht das, was auf dem Plakat abgebildet war.

„Mir geht es ganz ähnlich", sagte Guido, auf eine neutrale Miene achtend, und hob die Hand zur Kopfbedeckung. „Also ist es wohl das Beste, wir tauschen sie einfach wieder zurück. Und seien Sie unbesorgt, er ist in tadellosem Zustand, ganz so, wie er zufällig bei mir landete."

Diese Äußerung enthielt eine unausgesprochene Frage, die Signor Manca sich beeilte zu beantworten. Er deutete eine Verbeugung an und sagte: „Davon bin ich überzeugt, und ich kann Ihnen versichern, dass auch Ihr Zylinder vollkommen in Ordnung und unberührt ist."

Sie nickten sich zu. Langsam, sich gegenseitig fixierend und wie einander spiegelnd nahmen beide Männer gleichzeitig die Zylinder ab, tauschten sie und setzten sie wieder auf. Ein aufmerksamer Beobachter hätte festgestellt, dass sowohl Guido als auch Der Große Sinistro unmittelbar darauf erleichtert und viel gelassener wirkten. Sie lächelten sogar, wünschten sich noch einen guten Abend und sicheren Heimweg und trennten sich.

Guido wollte jetzt so schnell wie möglich nach Hause. Als er sich noch einmal umsah, war der Platz leer. Der Große Sinistro war nirgends mehr zu sehen. Und wenn schon – die Sache war erledigt. Und für ein bisschen Gemütlichkeit vor dem Kamin war es noch nicht zu spät.

Das Feuer flackerte, knisterte leise und verbreitete angenehme Wärme. Die Kerzen sorgten für Atmosphäre, und der Rotwein hatte gerade genau die richtige Temperatur. Guido schenkte zwei Gläser ein, dann nahm er den Zylinder und umkreiste mit dem Zeigefinger dreimal das Hutband. Er legte ihn neben sich auf dem Sofa ab und flüsterte einen Namen.

Zunächst passierte gar nichts. Schon fühlte Guido bange Unruhe in sich aufsteigen, da regte sich endlich etwas. Eine grazile Hand erschien, daran ein schlanker Arm, gefolgt von der ganzen Gestalt, die sich allen physikalischen Gesetzen zum Trotz geschmeidig aus dem Zylinder schälte, zusammen mit Massen raschelnder Seide und üppigem Goldschmuck. Dann saß sie neben ihm, lächelte strahlend und nahm das dargebotene

Weinglas an. Genießerisch trank sie einen Schluck, bevor sie sich Guido zuwandte.

„Auch wenn Flaschen oder Lampen vielleicht nicht mehr zeitgemäß sind", sagte sie und zog dabei einen Schmollmund, „bieten sie doch mehr Sicherheit. In Zukunft musst du besser auf mich aufpassen, Meister. Viel besser. Es hat mich einiges an Überredungskunst gekostet, Sinistro davon zu überzeugen, dass er seine Vorstellungen auch weiterhin mit Kaninchen und Tauben machen soll."

„Versprochen", gab Guido zurück. „Und danke fürs Überreden. Ich stimme dir zu, das war eine Nachlässigkeit meinerseits und darf nicht wieder passieren. Um wirklich zeitgemäß zu sein, wirst du darum beim nächsten Opernbesuch als wunderschöne Begleiterin an meiner Seite sitzen."

Sie lächelte, nickte und drehte kokett eine lockige Strähne um den Finger. Nach und nach würde sie ihn schon dahin bringen, dass er sie dauerhaft aus dem Zylinder ließ.

Der Stolperfuß in der Oper war erst der Anfang.

★

Die Weihnachtsfeier in der Bücherei-Hauptstelle war zu Ende, und Frau Bachmüller räumte die letzten leeren Gläser in den Geschirrspüler. Der Cateringservice hatte gute Arbeit geleistet, ihr blieb nicht viel zu tun. Morgen würden die Putzfrauen sich um den Rest kümmern.

Sie ging durch alle Räume, löschte das Licht, aktivierte die Alarmanlage und schloss dann den Haupteingang doppelt ab. Ihr Taxi wartete bereits, denn nach den zwei Gläsern Wein wollte sie lieber nicht mehr selbst fahren.

Das Motorengeräusch verklang, und bald lag das Gebäude in völliger Stille – allerdings nicht lange. Aus der Regalreihe mit den Klassikern fragte eine helle Stimme: „O liebster Romeo, sind endlich alle weg?" Es raschelte, Schritte tappten den Flur entlang, und dann kam die beruhigende Antwort: „Komm heraus, liebste Julia, wir sind ganz unter uns. Nun haben wir wieder ein Jahr Ruhe, und die Nächte sind allein unser."

Aus der Comic-Kiste in der Kinderecke quoll eine Flut kleiner blauer Gestalten. Der Große Schlumpf hob eine Cocktailtomate auf, die unter einen Stuhl gerollt und übersehen worden war und sagte: „Meine lieben Schlümpfe, das ist unhygienisch. Wir räumen jetzt erst mal auf."

Bei den Fantasy-Büchern hangelte sich eilig ein massiger Orang-Utan herab und inspizierte die Reste des Buffets. Mit enttäuschtem „Ugh" stellte er fest, dass alles in Behälter umgefüllt im Kühlschrank stand und dass vor allem nirgendwo eine Banane herumlag.

Gemurmel ertönte aus der Krimi-Abteilung. Drei Gestalten schritten, in leises Gespräch vertieft, den Gang hoch.

„In der Tat, meine verehrte Miss Marple, das war eine sehr interessante Idee zur Lösung des Rätsels. Der Mörder hatte dies in seiner Arroganz nicht bedacht. Watson, was hätten Sie in dem Fall vorgeschlagen?"

„Nun, Sherlock, ich …"

Er verstummte.

„Ein Geräusch. Da ist jemand an der Tür", wisperte er. „Das ist noch nie geschehen. Wir sollten nachsehen."

„Ganz meine Meinung, Watson, das sollten wir."

Auf dem Weg zum Eingangsbereich kam ihnen ein aufgeregter Walther von der Vogelweide entgegen. Er raffte seinen Umhang mit großer Geste zusammen, presste theatralisch die Harfe an seine Brust und klagte: „Er will mein Buch stehlen! Ich erinnere mich, dass ich diesen Mann in den letzten Wochen einige Male vor der Vitrine habe stehen sehen. Sein Blick war überaus begehrlich."

Die Bücherei stellte gerade einige Handschriften aus dem Mittelalter aus, darunter eine kostbare Leihgabe, ein Liederbuch mit edelsteinbesetztem Einband. Natürlich kamen viele Menschen, um es anzusehen.

Draußen fuhr ein Auto vorbei und entfernte sich wieder. Eine Straßenlaterne warf etwas Licht durch die Fenster, doch ansonsten war das weitläufige Innere der Bücherei eine Ansammlung von Schatten. Inzwischen waren noch weitere literarische Helden zu der Gruppe gestoßen. Angélique klappte mit leisem Knall ihren Fächer auf und sagte entrüstet: „Mon dieu, das darf er nischt! Monsieur Walther braucht unser 'ilfe!"

Sie schlichen weiter zum Foyer, wo ein dunkel gekleideter Mann mit einer zwischen die Zähne geklemmten kleinen Taschenlampe sich gerade an der Vitrine zu schaffen machte. Er trug Handschuhe. Offenbar kannte er sich aus, denn die Alarmanlage hatte nicht ausgelöst.

Die ihn beobachtende Menge war noch weiter angewachsen. Ganz vorn stand Sherlock Holmes neben dem verzweifelt die Hände ringenden Walther von der Vogelweide und kaute in grimmiger Konzentration auf seinem Pfeifenstiel. Weiter hinten wusste man offenbar nicht, was der Grund für den Auflauf war. „Was passiert da vorn?" hauchte ein Stimmchen hinter einer üppigen Frauengestalt. Diese drehte sich um, musterte verwirrt das Mädchen mit dem weißen Kaninchen auf dem Arm und fragte leise zurück: „Wer will das wissen? Sind wir uns hier schon einmal begegnet?"

„Mein Name ist Alice", flüsterte das Mädchen. „Mein Buch ist eins von den Neuanschaffungen. Sie kenne ich natürlich. Guten Abend, Frau Holle."

Von der Seite schob sich ein weiterer Schatten heran. „Ein Einbrecher ist da, er will das goldene Liederbuch. Kann ich ihm nicht verdenken, das würde mich auch reizen." Ein Lächeln blitzte kurz auf, dann war er wieder weg. Frau Holle sah ihm stirnrunzelnd nach. „Arsène Lupin, wenn ich nicht irre", murmelte sie. „Kindchen, halte dich fern von solchen Leuten."

Ein Mann mit schmuddeligem Lederhut und aufgerollter langer Peitsche schob sich nach vorn. „Diese verdammten Schatzsucher", raunte er. „Sie tauchen überall auf wie Schmeißfliegen und machen einem das Leben schwer."

Im Foyer hatte die Lage sich zugespitzt. Die Vitrine war nun offen, der Dieb rieb sich in Vorfreude die Hände. Walther von der Vogelweide zog scharf die Luft ein, als wollte er gleich nach vorn stürzen. Holmes hielt ihn fest und schüttelte den Kopf, dann drückte er kurz Watsons Arm und glitt seitlich davon.

Die Edelsteine glitzerten im Schein der Taschenlampe. Als behandschuhte Hände sich dem Buch näherten, klang ein kehliges Grollen aus dem Schatten. Der Dieb erstarrte. Langsam hob er den Kopf und blickte sich um, lauschte. Da nichts weiter geschah, wandte er sich wieder dem Objekt seiner Begierde zu, seine Finger berührten den Einband. Das Grollen ertönte wieder, diesmal näher und deutlich drohend.

Der Dieb zuckte zurück, die Taschenlampe fiel ihm herunter, das Licht ging aus. Er hob sie auf, schüttelte sie, ihr Licht glomm nur ein wenig auf. Doch das reichte aus, ihm zwei glühende Augen und ein geblecktes Gebiss zu zeigen. Ein tiefes Knurren warnte ihn vor der nächsten Bewegung.

Der Mann tastete sich langsam zurück zur Eingangstür und ließ die Bestie nicht aus den Augen. Sie folgte ihm ebenso langsam, er hörte bei jedem Schritt ihre Krallen auf dem Steinboden klacken. Er erreichte die Tür, griff tastend hinter sich, um die Klinke zu finden und geriet kurz in Panik, als ihm das nicht sofort gelang. Dann öffnete er die Tür einen Spalt, quetschte sich hinaus und warf sie hinter sich zu. Hastige Schritte entfernten sich auf der nächtlichen Straße.

Im Foyer stand Herr von der Vogelweide schwer atmend an die Vitrine gelehnt, aber er lächelte schon wieder.

„Den Kerl sind wir los", kommentierte Sherlock Holmes. „Wir müssen uns keine Sorgen mehr machen, der kommt garantiert nicht wieder. Jetzt bringe ich den Hund schnell nach Baskerville Hall zurück, und dann können wir endlich …"

„… unsere eigene Weihnachtsfeier genießen", vollendete eine jugendliche Stimme den Satz. Alle drehten sich um. Wer hatte das gesagt?

Ein junger Mann trat vor, hervorstechendstes Merkmal waren seine runden Brillengläser und die unordentliche Frisur. Er lächelte in die Runde und sagte mit einer kleinen Verbeugung: „Es ist mir eine Ehre, euch in diesem Jahr alle nach Hogwarts einzuladen. Bitte folgt mir!"

Wenige Augenblicke später war es wieder still und einsam in der nächtlichen Bücherei. Dann raschelten Buchseiten und waren schwere Atemzüge zu hören, entschlossene Schritte näherten sich aus Richtung der Science-Fiction-Abteilung.

Er war nicht sonderlich gesellig und blieb deshalb lieber hier. Sollte der Dieb also wider Erwarten noch einmal zurückkehren, oder sollte irgendein Dieb hier jemals einsteigen wollen, würde der sein blaues – oder besser schwarzes – Wunder erleben.

Darth Vader rückte seinen Helm zurecht, griff sich eine Ausgabe des „Space"-Magazins und machte es sich in der Leseecke gemütlich.

Er hatte Zeit.

★

Schon als Küken hatte Rosalie es mit der Wahrheit nicht so genau genommen. Den anderen Entenkindern hatte sie damals erzählt, sie sei aus einem rosafarbenen Ei geschlüpft, nur weil sie es langweilig fand, dass alle Eier weiß waren.

Im Pulk ihrer Geschwister war sie immer die Letzte, weil sie ständig stehenblieb und neugierig umherschaute. Darauf angesprochen, erklärte sie, dass sie das Besondere suche, und es sei ihr egal, ob besonders schön, besonders hässlich oder sonstwie. Hauptsache eben nicht wie alles andere.

Fand Rosalie dann etwas und war es doch noch nicht außergewöhnlich genug, so dichtete sie einfach hinzu, was ihrer Meinung nach noch fehlte. Die erste Begegnung mit einem – zugegebenermaßen recht großen – Regenwurm klang dann so:

Stellt euch bloß vor, unter den Büschen an der langen Seite des Teiches lebt ein Ungeheuer! Gestern sah ich es, als wir Mama gerade zum Schwimmunterricht folgten. Die Erde teilte sich, und ein schleimiger Schlangenkopf schaute heraus. Ich stellte mich dem Biest sofort in den Weg, mit aufgeplusterten Federn, damit ich groß und bedrohlich wirkte. Es kam ganz aus dem Boden und glitt auf mich zu, sicher war es fünfmal so lang wie ich! Ganz bestimmt hätte es mich angegriffen, aber ich hob einen Zweig auf und bedrohte das Untier, sodass es flüchtete. Meine Familie war gerettet.

Die anderen Enten reagierten ganz unterschiedlich auf solche Geschichten. Einige fanden sie amüsant, andere meinten, dieses Küken sei offenbar nicht ganz richtig im Kopf, und das könne noch böse enden. Wieder andere forderten, Rosalie solle baldmöglichst den Hof verlassen und doch bitte woanders für Unruhe sorgen.

Rosalies Mutter war einerseits ein wenig besorgt, andererseits aber auch stolz auf ihren ungewöhnlichen Nachwuchs. Sie sagte: „Kind, du musst deinen richtigen Platz im Leben noch finden. Und ich glaube, mit deiner Fantasie wird dir das auch gelingen."

Das flauschige Entenküken wuchs heran und mit ihm die Absonderlichkeit seiner Geschichten, die es allabendlich vor dem Schlafengehen erzählte, nur so zum Zeitvertreib:

Durch außerirdische Monster war es auf dem Feld nahe des Hofes zu einem blutigen Massaker gekommen (der Habicht hatte sich ein Fasanenküken geholt).

Im Teich war ein Goldschatz versteckt, bewacht von einem gefährlichen Raubtier (helle Kieselsteine glänzten unter der Behausung einer Wasserspinne).

Magische Vögel hatten den Himmel bunt angemalt (einige Schwalben flogen vor einem Regenbogen vorbei).

Es gab auf dem Hof natürlich auch menschliche Bewohner, viele davon schon recht betagt, und man bot sich gegenseitig unterhaltsame Gesellschaft.

Alle Hoftiere mochten die alte Dame, die gern bei schönem Wetter auf ihrer Terrasse saß und immer ein paar leckere Kekskrümel übrig hatte. Sogar der sonst eher ungesellige Hofkater fand sich regelmäßig ein und genoss ihre kraulenden Hände.

Eine junge Frau besuchte sie ebenfalls oft und las ihr etwas aus der Zeitung vor. Wenn das Wetter schön war und das Vorlesen auf der Terrasse stattfand, hockte Rosalie sich gern unter einen der Stühle und hörte zu. Was für kuriose Sachen sie da erfuhr! Offenbar war sie nicht die Einzige, die das Besondere in der Welt wahrnahm und anderen davon erzählte.

Mit der Zeit wurde sie immer mutiger, kam schließlich unter dem Stuhl hervor und freundete sich mit der alten und der

jungen Dame an und warf auch selbst den einen oder anderen
Blick in die Zeitung. Lesen und Schreiben lernen, das war ihr
nächstes Ziel.

Als im nächsten Frühling Rosalies Mutter auf einem neuen
Gelege hockte und sich nicht mehr um ihre Brut vom Vorjahr
kümmern konnte, war es soweit.

„Ich verlasse den Hof", verkündete Rosalie. Sie sah hinüber
zum Wohnhaus, wo Möbel in einen Transporter geladen wurden. Ein bequemer Korb stand für sie schon bereit.

„Ich ziehe mit der Oma in die Stadt, als ihre Gesellschafterin.
Dort werde ich mir einen Job suchen, und ich weiß auch schon,
was ich machen will. Nämlich das, was ich am besten kann.
Omas Betreuerin hilft mir. Ich gehe zur Zeitung."

Wenn Sie an einem ersten April die Zeitung aufschlagen und
darin Artikel und Reportagen lesen, die ein wenig übertrieben
oder sogar frei erfunden erscheinen – dann kann es sein, dass
die Urheberin der Texte eine gewisse Rosalie ist.

Achten Sie mal darauf.

★

Wieder eine Absage. Melanie zerknüllte den Brief und warf ihn zu den anderen in den Papierkorb. Unzählige Bewerbungen hatte sie geschrieben und entweder keine oder aber ablehnende Antworten bekommen. Immer noch keine Chance, endlich aus dem Elternhaus auszuziehen und sich auf eigene Beine stellen zu können.

Da, unter der Tageszeitung, steckte noch ein Umschlag. Sie zog ihn heraus und öffnete ihn lustlos. Sie überflog die wenigen Zeilen, blinzelte verwundert und las noch einmal in Ruhe. Denn dort stand:

„…würden wir uns freuen, Sie in unserem Sommerdomizil in Portofino begrüßen zu dürfen. Wir lassen Ihnen eine Fahrkarte am Bahnhof reservieren, bitte melden Sie sich nur kurz zurück, um den Termin zu bestätigen."

Jetzt musste sie sich erst mal setzen. Dann wurde ihr klar: Sie hatte eine Zusage, ein Jobangebot. Noch dazu im Ausland. Portofino, wo lag das eigentlich? Mal schnell nachgesehen … aha, Italien. Gut, jetzt tief durchatmen und konstruktiv denken. Was galt es als Erstes zu erledigen?

Ihr Ruf schallte durchs ganze Haus: „Mama, ich werde verreisen! Ich brauche unbedingt einen Koffer!"

Dazu muss man wissen: Melanies ganze Familie war von Grund auf reiseunfreudig. Es gab zwar Taschen in verschiedenen Größen, aber die dienten zum Einkaufen und dergleichen. Ein Koffer – Fehlanzeige.

„Melly, dann müssen wir leider einen kaufen", sagte Melanies Mutter, und man konnte ihr ansehen, dass sie dies für eine

Verschwendung hielt und wie unangenehm ihr der Gedanke war. „Oder wir schauen mal auf dem Dachboden nach. Bei den Sachen von Urgroßtante Mary könnte doch etwas sein."

Beide schauten sich zweifelnd an. Diese lang verblichene Verwandte war das Schwarze Schaf der Familie gewesen. Immer unterwegs, nie mehr als ein paar Wochen an einem Ort, für die damalige Zeit sehr ungewöhnlich, fast skandalös. Niemand wusste, ob sie vielleicht vor etwas oder jemandem auf der Flucht gewesen war oder ob es sonst ein Geheimnis gab. Ihre wenigen Besitztümer wurden immer auf die älteste Tochter weitervererbt, darunter einige Gepäckstücke.

Sie stiegen hinauf. Hinter Kartons und auseinandergebauten Möbeln stand der alte Weichholzschrank, der Tante Marys Hinterlassenschaft beherbergte. Melanie wischte die Spinnweben beiseite und öffnete ihn erwartungsvoll. Sie hatte noch nie gesehen, was drin war und reagierte etwas enttäuscht, als sie den museumsreifen Inhalt erblickte.

„Na schön", sagte ihre Mutter. „Die Hutschachtel können wir wohl vergessen, kein Mensch trägt heutzutage noch solche Hüte. Dieses bunte Ungetüm von Tasche dort auch, damit machst du dich nur lächerlich. Die kleinen Täschchen helfen uns nicht weiter, aber was meinst du denn zu dem Koffer? Der sieht nicht schlecht aus, und für eine Grundausstattung Sommergarderobe müsste er groß genug sein. Was du sonst noch brauchst, kaufst du dort."

„Ja, der müsste gehen", räumte Melanie ein. „Das Leder scheint noch gut in Schuss zu sein. Ich mache ihn erst mal sauber." Sie griff in die staubigen Schranktiefen und verzog sich anschließend mit Koffer, etlichen Lappen und Lederpflegemitteln auf die Veranda.

Ein kurzes Telefonat am selben Abend mit ihren zukünftigen Arbeitgebern hatte Melanie in Hochstimmung versetzt. Sie würde Sekretärin sein für einen international erfolgreichen

Geschäftsmann, der auch im Urlaub die Arbeit nicht sein lassen konnte und gerade an einem umfangreichen Ratgeber schrieb. Man erwartete nichts von ihr, als dass sie sein Diktat aufnahm und per Computer in Form brachte. Ansonsten hatte sie auch viel Freizeit, und das an einem der beliebtesten Orte der Welt.

Morgen Abend würde sie in den Nachtzug steigen, um übermorgen dort anzukommen. Was also musste sie alles einpacken? War der Koffer wirklich groß genug?

Sie konnte vor Aufregung nicht einschlafen und schlug die Bettdecke wieder zurück. Sie öffnete alle Schränke und Schubladen, reihte ihre Sommerschuhe auf und stellte alle unverzichtbaren Kosmetika bereit. Das würde nicht einfach werden.

Das honigfarbene Leder des Koffers schimmerte, seine Messingbeschläge glänzten. Auch eine Plakette mit den Initialen der Urgroßtante gab es, passenderweise dieselben, die Melanie jetzt hatte: MP. Sie strich mit dem Finger darüber und sagte leise: „So, Tante Mary. Bestimmt bist du ein wahres Einpackwunder gewesen. Ich könnte jetzt etwas Hilfe gebrauchen."

Die Stapel türmten sich. Das Baumwollkleid noch mit dazu oder nicht? Beide Bikinis? Oder lieber einen neuen kaufen? Obwohl … war das nicht Geldverschwendung? Wie viele lange Hosen brauchte man dort, und musste sie auch so etwas wie ein Kleines Schwarzes dabeihaben?

Melanie legte Stück um Stück in den Koffer, nahm auch mal wieder etwas heraus, aber die meisten Sachen hielt sie doch für mitnehmenswert. Ihr wurde erst nach dem dritten Paar Schuhe klar, dass bei der Menge an Kleidung, die nun schon drin war, ihr Koffer inzwischen hätte überquellen müssen. Stattdessen gab es immer noch genau den Platz, den sie für das letzte Teil brauchte. Und entschied sie sich für ein weiteres, schien der bereits gepackte Rest so zusammenzurücken, dass auch dafür wieder Platz war.

Das war mehr als erstaunlich. Melanie wollte der Sache auf den Grund gehen und machte einen Test. Was konnte hier unmöglich noch hineinpassen? Sie drehte sich um und nahm den langen Mantel vom Kleiderbügel. Zusammengelegt ein ansehnlicher Haufen Stoff und definitiv zu groß. Doch als sie sich damit dem Koffer wieder zuwandte, war sein Inhalt so nach unten gewichen, dass der Mantel mit Leichtigkeit unterzubringen war. Sie nahm den Mantel heraus und hängte ihn zurück in den Schrank. Der Koffer war voll. Doch sie war sicher, er wartete nur darauf, dass sie mit irgendetwas ankam, und er würde Platz machen.

Das Schmuckkästchen? Es war so groß wie ein Schuhkarton. Ja, kein Problem. Hinein damit. Und egal, wie viel sie noch hineinpackte, das Gewicht des Koffers blieb gleich und ließ sich leicht tragen.

Melanie fühlte ihre Knie weich werden und setzte sich hin. Welch fantastische Möglichkeiten eröffneten sich da für sie? Schon wollte sie von künftigen Weltreisen träumen, die sie mit einem Minimum an Gepäck antreten konnte, da schob sich ein kühner Gedanke vor alle anderen. Langsam wandte sie den Blick zum Bücherregal. Was, wenn die Erzählung über ein gewisses britisches Kindermädchen einen realen Ursprung hatte? Sie musste unbedingt mehr darüber herausfinden.

Sie konnte sich ein breites Grinsen nicht verkneifen. Wieder berührte sie die Initialen-Plakette Das Leben versprach spannend zu werden. Selbst wenn die Familie sie nunmehr als neues Schwarzes Schaf ansehen würde, diese Gelegenheit würde sie sich nicht entgehen lassen. Sie, Melanie Pontus.

Und natürlich der Koffer von Urgroßtante Mary.

★

In der formlosen Welt der Göttlichkeit sagte Chronos zu seinem Berater: „Nun habe ich die Welt geschaffen, alles läuft von selbst, und ich komme mir nutzlos vor. Ich fühle mich unwohl. Irgendetwas fehlt mir, und ich kann nicht erkennen, was."

„Du hast doch alles, o Herrlicher", schmeichelte der Berater mit beschwichtigender Stimme, denn nichts war gefährlicher als ein unzufriedener Gott. „Du hast all diese wundervollen Sterne, Sonnen, Planeten. Dein Sohn Helios leistet hervorragende Arbeit. Zählt das denn nicht? Macht das gar nichts aus?"

„Macht …" sinnierte Chronos. „Genau das ist es. Mir fehlt die Anwendung von Macht. Es ist alles getan, und nun gibt es nichts mehr, wofür ich noch meine Macht einsetzen kann. Soll ich jetzt ewig zusehen, wie Helios seinen Spaß hat? Schau, was er aus Terra gemacht hat, eine einzige Bestätigung seines Könnens. So etwas brauche ich auch."

Der Berater warf einen intensiven Blick auf den blauen Planeten, schwenkte kurz zum Mond, dann zum Mars, und kehrte wieder zu Terra zurück.

„Ich habe da eine Idee, Gebieter. Dazu brauchen wir Leben, und Terra ist voll davon. Lass uns schauen, was für Wesen wir dort finden."

Sie wechselten in die Sphäre des Weltlichen und studierten die Lebewesen, die den Planeten in Massen bevölkerten.

„Pflanzen", wies Chronos auf einen dichten Wald hin. „Die gefallen mir. Könnten die was für mich sein?"

Der Berater zeigte sich zweifelnd. „Eher nicht, mein Gebieter, denn sie unterliegen dem Wechsel von Tag und Nacht sowie dem Lauf rund um die Sonne. Da hat sich Helios bereits bedient."

„Na schön", brummte Chronos, der nicht gern an den Unterschied zu seinem strahlenden und erfolgreichen Sohn erinnert wurde. „Und all diese Tiere – was ist mit denen? Auch sein Hoheitsbereich?"

„Leider ja, o Göttlicher." Der Berater schnalzte bedauernd. „Allerdings … sehen wir mal genauer hin. Hier scheint sich eine Ausnahme zu entwickeln, die deinen Wünschen entsprechen könnte."

Sie richteten ihre Aufmerksamkeit auf die haarigen Wesen, die sich, in lockeren Horden organisiert, durch die Savanne bewegten und Nahrung suchten. Einige hatten grob aus Halmen geflochtene Beutel, in denen sie Früchte, Wurzeln und Kerbtiere sammelten. Jeweils zwei oder drei Individuen blieben immer auf zwei Beinen aufgerichtet und suchten wachsam die Umgebung nach möglichen Angreifern ab.

Chronos und sein Berater begleiteten die Wesen, beobachteten ihren Tagesablauf und gelangten gegen Abend mit ihnen zu einer Felswand.

„Schön und gut, aber sonderlich spannend finde ich die nun nicht. Warum glaubst du, dass sie geeignet für mich sind?" Schon wollte Chronos sich abwenden, als der Berater erregt auf das Geschehen hinwies.

„Jetzt! Schau! Es wird Abend, und eigentlich sollten sie wie die anderen tagaktiven Tiere ihre sicheren Schlafplätze aufsuchen. Aber sieh nur, was sie machen!"

Mit zunehmender Neugier sah Chronos zu, wie eine mehrköpfige Familie der aufrechtgehenden Wesen sich vor dem Eingang zu einer großen Höhle zusammenfand. Andere kamen daraus hervor, darunter auch sehr kleine, offenbar noch junge Exemplare. Anstatt sich nun für die Nacht in den Schutz der Höhle zurückzuziehen, lagerten sich alle im Kreis. Die tagsüber gesammelte Nahrung wurde ausgebreitet, und zwei ältere männliche Wesen beschäftigten sich mit einem Haufen aus trockenem Reisig sowie Steinen, die sie aneinanderschlugen.

„Jetzt, Gebieter. Schau hin. Siehst du es? Erkennst du, was das bedeutet?"

Funken stoben, kleine Flammen leckten über die Halme und Zweige, ein Feuerchen knisterte hell, sorgsam durch weitere Zweige genährt, die eine alte Frau nachlegte.

Neben ihr saß ein alter Mann mit grauem Backenbart, der einigen der kleinen Höhlenbewohner offenbar den heutigen Tagesablauf in der Savanne schilderte, mit vielen Gesten und nachahmenden Geräuschen.

„Du hast recht. Sie sind anders als der Rest. Sie lösen sich aus der Herrschaft des Helios, indem sie in der Dunkelheit für eigenes Licht sorgen. Und für ihre Jungen, die nicht mit auf Nahrungssuche waren, schauen sie auf den Tag zurück und erzählen ihnen, was sie erlebt haben." Chronos strahlte. „Diese Wesen brauchen mich. Und ich brauche sie. Ich kann ihnen geben, was sie gerade in ihr Dasein zu holen versuchen. Denn ihr Bewusstsein entfernt sich von dem der Tiere und folgt einem anderen Weg. Sie nehmen das Gestern, Heute und Morgen wahr. Sie erkennen meine Macht: Zeit!"

Da Chronos nun seinen neuen Wirkungskreis gefunden hatte, war er ab sofort sehr beschäftigt, von Unwohlsein war keine Rede mehr. Viel zu gern verfolgte er den Werdegang seiner Zweibeiner. Abends lauschte er den Geschichten am Lagerfeuer, beobachtete die Künstler, deren Felszeichnungen von Beutezügen und Jagderfolgen berichteten, war entzückt über die Idee, zeitliche Abläufe mittels einfacher Symbole zu markieren, um daraus bald Schriften und Kalender zu entwickeln.

Jahrhunderte und Jahrtausende vergingen. Längst hatten die Menschen ihren Weg über die Savanne hinaus in jeden Winkel der Welt gefunden, und ihre Einbindung in den Zeitablauf dokumentierten sie auf vielerlei Weise. Chronos war rundum zufrieden und betrachtete auch Helios wieder mit

Wohlwollen, dessen Tag-und-Nacht-Aspekt bei alldem ja ein wichtiger Bestandteil war.

Nur wenn mal ein Mensch in irgendeinem Zusammenhang sagte, er habe keine Zeit, dann konnte Chronos noch etwas ungehalten werden. Von seinem Berater bei einer solchen Gelegenheit befragt, erklärte er: „Weißt du, sie haben alle Zeit der Welt, denn ich habe die Zeit, und sie haben mich. Ich bewahre alles darin, nichts geht verloren. Der Bau der Pyramiden ist so gegenwärtig wie der erste Flug zum Mond, nur eben zu einem anderen Zeitpunkt. Da sie aber die Punkte nur einzeln und nacheinander wahrnehmen können, haben sie wohl manchmal Angst, es kämen keine weiteren mehr. Aber so ist es nicht. Es kommen immer noch weitere, und alle anderen sind auch noch da. So funktioniert die Zeit. Schade, dass sie das noch immer nicht begriffen haben.“

Doch Chronos' Ärger währte immer nur kurz, dann blickte er wieder liebevoll auf Terra und seine Bewohner und hoffte, dass sie so bleiben und niemals restlos alles über die Zeit herausfinden würden. Denn die eine oder andere Überraschung wollte er noch übrigbehalten.

★

Graf Kuno von Gartstein war verwirrt. Gerade eben hatte er noch mit seinen Gästen auf des Königs Wohl getrunken, doch plötzlich war alles anders. Statt auf einen üppig gedeckten Tisch war sein Blick auf die holzvertäfelte Decke gerichtet. Er fühlte sich merkwürdig, konnte sich nicht bewegen, Geräusche drangen nur gedämpft zu ihm durch, und alles schien wie in schmutziges Licht getaucht.

Jetzt spürte er etwas zerreißen, er stieg auf, drehte sich. Da waren seine beiden Brüder und der Mundschenk, sie beugten sich über eine am Boden liegende Gestalt. Daneben stand seine Gattin, Gräfin Brigid, händeringend und schwer atmend. Die Gäste und die Bediensteten, alle standen und schauten zu der kleinen Gruppe am Kopf der Tafel hin.

Was dort am Boden lag, war sein Körper, ganz unmissverständlich. Graf Kuno versuchte mit rudernden Bewegungen näher zu kommen, die Aufmerksamkeit der Anwesenden zu erringen. Sie nahmen ihn nicht wahr.

Sein Medicus eilte herbei, den Pagen mit der großen Ledertasche im Laufschritt neben sich. Er niete nieder, beugte sich ebenfalls über den Liegenden, klopfte hier und zog da, fühlte, horchte, schnupperte. Dann schüttelte er den Kopf, stand auf und ging gemessenen Schrittes zur Gräfin. Die Brüder stellten sich wie schützend neben sie. Leise Worte wurden gewechselt, die Gräfin schluchzte laut auf.

Der Mundschenk geleitete die Gäste hinaus, die Tafel wurde aufgehoben. Man legte eine Decke über den Leichnam und trug ihn auf einer Bahre hinaus. Graf Kuno sah alldem hilflos zu.

Dem Schweinebraten warf er einen letzten begehrlichen Blick hinterher und ahnte gleichzeitig, dass er auf derlei Genüsse zukünftig verzichten musste. Zum Glück hatte er vor seinem Ableben noch ein großes Stück davon verzehren können, zusammen mit Erbsen und Hirsebrei. Dieses Leibgericht hatte er sich extra für heute gewünscht, zu seinem Geburtstag. Der nun gleichzeitig auch sein Todestag war. Wie überaus praktisch für den Chronisten.

Noch etwas anderes verwirrte den Grafen. Sollten jetzt nicht irgendwelche Himmelsgestalten kommen und ihn ins Paradies geleiten? Oder wenn nicht dorthin, dann zu einem anderen Ort, wo er es vielleicht nicht so bequem hatte? Doch um ihn her rührte sich nichts.

„Vergiftet?!" Der Aufschrei gellte durch den Saal.

„Psst, nicht so laut", ermahnte der Mundschenk die Dienstmagd, die beim Abräumen half. „Und behalte es für dich. Der Medicus hat das festgestellt, und nun muss herausgefunden werden, welches Gift das war und wer es ihm ins Essen gemischt hat. Denn im Wein war es nicht (Graf Kuno konnte ihm die Erleichterung anhören). Ich habe allen aus demselben Krug eingeschenkt, und den anderen geht es gut."

Vergiftet, soso. Der Graf folgerte daraus, dass er aufgrund dieser Tatsache zum ruhelosen Geist geworden war und auf unbestimmte Zeit seine eigene Burg zu bespuken hatte. Es sei denn, der Mörder konnte entlarvt werden. Wut stieg in ihm auf. Was erdreistete sich der … wer auch immer, ihn einfach zu vergiften? Ihn einfach so aus einem erfüllten, ereignisreichen Leben zu reißen? Nun gab es für ihn keine Jagdgesellschaften mehr, keine Turniere, keine Feste. Keine Stunden in den Armen seiner Frau. Und keine Schweinebraten mehr.

Na schön, auch keine vor Kälte erstarrten Glieder mehr im Winter, ebensowenig Zahnschmerzen. Trotzdem: Das konnte man nicht so auf sich beruhen lassen. Er würde seinen Mord aufklären, und zwar schnell.

Der Groll im nun körperlosen Bauch beflügelte ihn. Bis zum Morgengrauen hatte Graf Kuno es raus, wie man sich als Geist durch Gemäuer bewegte, wie man schwebend aufstieg und wieder herabkam, wie man Geräusche erzeugte. Schlaf brauchte er nicht mehr. Sein ganzes Selbst war von Zorn erfüllt. Denn noch am gestrigen Abend, kaum eine Stunde nach seinem Ableben, war der Vogt in der Burg erschienen, um Fragen zu stellen und möglichst einen Schuldigen zu benennen. Der Graf hatte sich dazugesellt und alles beobachtet. Dabei war ihm aufgefallen, dass sein Bruder Eginald subtile Andeutungen in Richtung der Gräfin machte. Und als der Vogt sich später in eines der Gästezimmer verabschiedete, wurde hinter vorgehaltener Hand ein gewisses Landgut erwähnt, für das dieser sich schon immer interessiert hatte und auf das er sich baldigst freuen dürfe.

Nachhilfe für die Nachfolge? Auf dem Weg zu Eginalds Gemächern erinnerte Kuno sich: Der zweitjüngste Bruder hatte links neben ihm an der Tafel gesessen. Nah genug, um in einem passenden Moment schnell etwas Vergiftetes auf den gräflichen Teller zu befördern.

Er glitt durch die schwere Holztür und baute sich vor dem Bett auf. Eginald schien seinen Zorn selbst im Schlaf zu spüren, denn er begann sich unruhig hin und her zu werfen.

„Du hast das getan, gib es zu! Und Brigid soll deine Freveltat büßen!" herrschte der Graf seinen Bruder an. Dieser fing an zu brabbeln und schlug um sich, bis er den Bettpfosten traf und jäh erwachte. Offenbar konnte er Graf Kuno sehen, denn er wurde schlagartig blass und riss die Augen auf.

„Ich will, dass du zum Vogt gehst. Jetzt. Denn wenn du ihm dein Verbrechen nicht gestehst, werde ich dich jede Nacht heimsuchen, bis du es dir anders überlegst. An dieser Burg sollst du keinen Spaß haben. Ich finde dich überall."

Eginald sprang aus dem Bett, stolperte zur Tür und lief hinaus, das Gesicht eine Fratze des Entsetzens. Der Graf folgte ihm gemächlich. Schon von weitem konnte er sehen, wie sein Bruder an die Tür des Vogtes hämmerte. Als endlich geöffnet wurde, stürzte er hinein, seine vor Panik schrille Stimme war auch noch im Korridor zu hören.

Graf Kuno wollte näher heran, doch unversehens löste sich die Burg um ihn herum auf, und er fand sich in hellem Licht vor einer glänzenden Pforte wieder, die langsam aufschwang.

„Graf Kuno von Gartstein, zwar ein wenig verspätet, aber sei nun willkommen in unseren Gefilden", tönte eine körperlose freundliche Stimme. „Lass die irdischen Plagen hinter dir und genieße die himmlischen Freuden. Jegliche Annehmlichkeit sei dir gewährt."

Schon wollte der Graf eintreten, da zögerte er und fragte: „Gehört dazu auch Schweinebraten?"

Die Stimme antwortete nicht sofort. Vielleicht musste in der himmlischen Küche erst Rücksprache gehalten werden.

„Auch Schweinebraten, wenn das dein Herzenswunsch ist", säuselte sie schließlich.

„Gut. Dann bin ich dabei. Denn das ist es, was ich unter einem himmlischen Gericht verstehe." Mit diesen Worten ging Graf Kuno durch die Pforte, und in der Burg hatte der Spuk ein Ende.

★

Im Grünauenweg sind neue Nachbarn eingezogen, in das Haus gegenüber von Familie Schmittmann. Sie heißen Erkener, er ist Beamter, sie Hausfrau, und sie haben einen erwachsenen Sohn. Das Haus wurde liebevoll renoviert, der Vorgarten umgestaltet und der gammelige Jägerzaun durch eine elegante Einfriedung aus Schmiedeeisen ersetzt. Sogar die Garageneinfahrt wurde neu gepflastert. Alle Hauseigner im Grünauenweg sind sich darin einig, dass all dies dem Wohnumfeld wieder mehr Wert verleiht.

Es ist ein Freitagvormittag im November. Frau Schmittmann putzt ihre Haustür von außen und sieht aus dem Augenwinkel eine Bewegung. Sie dreht sich um – und blickt direkt auf einen geschmackvoll gestalteten Kranz aus Tannengrün, Stechpalmenzweigen und roten Schleifen, der die Tür gegenüber ziert.

Stimmt, denkt sie. *Zwar finde ich, dass Frau Erkener etwas zu früh dran ist, aber der Advent kommt so oder so. Gleich schaue ich nach unserer Deko.*

Eine halbe Stunde später stehen beleuchtete Schwibbögen in allen zur Straße weisenden Fenstern des Schmittmann'schen Hauses.

Nicht lange danach erwecken Hammerschläge erneut Frau Schmittmanns Aufmerksamkeit. Sie lugt hinter der Gardine hervor, was drüben vor sich geht.

Herr Erkener steht auf einer Leiter und schlägt unter der Dachkante entlang Haken ein, an der er eine lange, dicke Girlande aus künstlichem Tannengrün aufhängt, die seine Frau ihm von unten anreicht. Als sie damit fertig sind, betätigt er einen Schalter, und das Ding leuchtet in bunten Farben.

Frau Schmittmann scheucht ihre Tochter vom Computer auf, und zusammen schleppen sie den Karton mit den Outdoor-Dekofiguren aus dem Keller nach oben. Ein Reh, ein Eichhörnchen und ein kleiner Schlitten, jeweils aus Drahtgestell und mit unzähligen Lichtern bestückt, nehmen ihre Plätze im Vorgarten ein.

Die Nachbarin zur Linken, Frau Wudic, kommt vom Einkaufen zurück. Während sie das Auto entlädt, betrachtet sie die Erkener- und Schmittmann-Häuser. Dann steigt sie wieder ein und fährt noch mal los.

Das Rentnerpärchen Tober schräg gegenüber schiebt einen Rollwagen über den gepflasterten Weg und beginnt, die fast mannshohe Zuckerhutfichte im Vorgarten mit Kugeln und Glitzerborte zu dekorieren. Aus dem geöffneten Küchenfenster sind leise Weihnachtschoräle zu vernehmen.

Herr Schmittmann kommt von der Arbeit und findet statt eines gedeckten Tisches eine genervte Ehefrau vor. Im Esszimmer ist alles übersät mit buntem Papier, aus dem die Tochter Sterne, Glocken und Eiskristalle ausschneiden muss. Ihre Mutter eilt zwischen Tisch und den Frontfenstern hin und her und klebt die Motive von innen an die Scheiben.

Mit quietschenden Reifen kommt Frau Wudics Auto zum Stehen. Sie war im Baumarkt und hat ihren Mann von unterwegs angerufen, dass er ihr ausladen hilft. Kurz darauf sind sie damit beschäftigt, die vielen Meter Leuchtschlange durch die Stäbe ihrer Vorgarten-Pergola zu flechten.

Es rumort laut, der Erkener-Sohn kommt mit seinem Motorrad vorgefahren. Er lässt den Motor noch einmal aufheulen und schaut auffordernd zum Schmittmann-Haus herüber.

Rieke Schmittmann legt leise Schere und Papier hin und nutzt den Moment, als die Eltern über die Anschaffung einer Schneekanone diskutieren, um sich zu verdrücken.

Peter hält ihr den Helm hin.

„Was ist hier passiert?" fragt er mit einer Kopfbewegung, die die Umgebung einschließt. „Als ich heute zur Arbeit fuhr, war doch noch alles normal."

„Akutes Adventsfieber", gibt Rieke mit schrägem Grinsen zurück. „Und sie stecken sich auch noch gegenseitig an. In einer Geschwindigkeit übrigens, die ich so noch nicht erlebt habe. Wir sollten zusehen, dass wir hier wegkommen."

Sie fahren lachend ab, weichen dem Nachbarn aus Nr. 7 aus, der gerade einen Hänger voller Leuchtfiguren in seine Einfahrt manövriert und umrunden Frau Brandel aus Nr. 20, die hoch beladen mit Lichterketten über die Straße stöckelt, ohne auf den Verkehr zu achten.

„Jedes Jahr diese Seuche, ganz egal, wo man wohnt", übertönt Peters Stimme das Motorrad. „Besser, wir sind weit fort, bevor mein Vater die Laser-Lichtshow installiert. Dann könnte das hier zum Gefahrengebiet erklärt werden."

Er grinst und gibt Gas. Rieke juchzt begeistert auf. Advent, Advent, aber bitte nicht alles auf einmal. Sie werden erst am Sonntagabend zurückkommen, wenn sich hier hoffentlich alles wieder beruhigt hat.

★

Die Welt soll immer bequemer und sicherer werden. Ganz oben auf der Liste steht dabei das Autofahren, man forscht und entwickelt. Der Anteil an Elektro-Autos wird täglich größer, noch ist mir aber keins aufgefallen, das sich selbst steuert.

Glaubt man den Medien, kommt das unweigerlich auf uns alle zu. Ich kann mir das in der Praxis noch nicht so recht vorstellen … man sitzt dann hinter dem Steuer und tut gar nichts mehr? Also, außer natürlich den Motor starten und das Reiseziel eingeben. Aber danach ist man sozusagen arbeitslos und eigentlich auch nur noch Beifahrer? Was für Konsequenzen würden daraus entstehen?

Mein fantasievolles Kopfkino schickt mir Bilder und Szenen. Also lasse ich es jetzt mal fröhlich laufen und schaue in eine imaginäre Zukunft ohne Fahrstress.

Selbstfahrende Autos – in diesem Zusammenhang drängt sich sofort ein Vorteil auf. Kommentare wie „Fahr nicht so dicht auf!" oder „Du hättest gerade die Ausfahrt nehmen müssen!" entfallen ersatzlos. Dagegen kann man jetzt der Aufforderung „Schau mal da drüben, wie schön!" sofort Folge leisten und sogar für einen Moment länger hinschauen. Vorausgesetzt, es lohnt sich. Ja, man kann sich sogar – Klischee lässt grüßen – nach der Blondine im Minirock umschauen, denn jetzt droht kein Crash mehr. Oder nach dem muskulösen Bauarbeiter mit freiem Oberkörper, suchen Sie sich etwas aus.

Das Auto ist erwachsen geworden und kann sowohl auf sich selbst aufpassen also auch auf die Insassen, die ja überhaupt erst Grundvoraussetzung für seine Existenz sind. Also sollte es denen immer besonders gut gehen.

Wie sähe dann eine Urlaubsreise mit so einem Selbstfahrer aus? Denken wir eine unbestimmte Anzahl Jahre weiter und nehmen wir an, eine vierköpfige Familie ist unterwegs zu ihrem Feriendomizil nach Norddeutschland. Die Landschaft ist flach, es geht immer schön geradeaus. Für die Kinder wird sich wohl nicht viel ändern, denn die sitzen ja schon jetzt nur noch in ihre Smartphones vertieft und nehmen die Umwelt kaum wahr. Sie bevölkern also die Rückbank, sind quasi abgeschaltet und brauchen nur ausreichend Nachschub an Knabberzeug und Getränken.

Mama, auf dem Beifahrersitz, hat vielleicht einen Roman als Urlaubslektüre dabei. Wahlweise als Hörbuch (damit wäre sie geschützt vor Störung durch eventuelles Gezänk auf der Rückbank), als elektronische Ausgabe auf dem Ebook-Reader (das spart viel Platz im Koffer) oder als gedrucktes Buch, wenn sie nostalgisch veranlagt ist.

Papa, hinter dem Steuer des Selbstfahrers sitzend, langweilt sich. Er kann nichts tun. Lesen interessiert ihn nicht, und wenn er den gleichmäßigen Verkehrsfluss beobachtet, regt er sich bloß unnötig auf. Er möchte gern schneller am Ziel sein, möchte dem BMW da vorn die Rücklichter zeigen, möchte das Gefühl von Macht über die Technik spüren. Seine vorausschauende Frau hat ihm deshalb zum letzten Weihnachtsfest ein eigenes Kopfkino geschenkt. Er resigniert also, setzt die Brille auf und wählt einen Action-Film. Nürburgring in 3-D, das gefällt ihm schon besser.

Ach, nehmen wir noch jemanden dazu: Die rüstige Oma (oder sogar Uroma), die am Urlaubsort auf die Enkel aufpassen wird, damit die Eltern auch mal was allein unternehmen kön-nen. Sie sitzt ebenfalls auf der Rückbank und schaut aus dem Fenster. Oma gehört zu den Letzten jener Generation, die ihren Führerschein noch mit D-Mark bezahlte, und sie hat in ihrem

Leben nur ein paar Knöllchen für falsches Parken bekommen. Einen Auffahrunfall gab es auch, sie war noch Fahr-Neuling und hatte zu spät gesehen, dass der Fahrer vor ihr bremste. Ein Blechschaden, nicht weiter schlimm. Aber so hatte sie ihren späteren Mann kennengelernt.

Oma würde sich gern mit ihrer Familie unterhalten, vielleicht etwas spielen, aber die sind alle mit sich selbst beschäftigt. Sie beobachtet die anderen Autos und erkennt, dass es überall gleich aussieht. Sie nimmt sich vor, bei nächster Gelegenheit Smartphones, Reader und 3D-Brille zu verstecken oder gleich wegzuwerfen. Dafür wird sie eine Box „Spielesammlung für die ganze Familie" kaufen. Oder sie spart sich den Stress, steigt bei der nächsten Raststätte aus und versucht zurück nach Hause zu trampen. Das hat sie in ihrer Jugend auch öfter gemacht. Ihre Familie, so vermutet sie, wird ihr Fehlen wahrscheinlich gar nicht bemerken.

Eine Welt voller Selbstfahrer. Die Autobahnpolizei sieht den Ferien entspannt entgegen. Kilometerlange Staus sind endgültig Geschichte, Baustellen werden im vorgeschriebenen Tempo durchfahren, Raser gibt es nicht mehr. Die Zahl der Unfälle ist drastisch zurückgegangen, die Leitplanken bleiben heil, kein Krankenwagen muss sich mehr durch verstopfte Rettungsgassen manövrieren. Dafür sieht man immer öfter Senioren auf dem Randstreifen, die mit entschlossener Miene in die Gegenrichtung stapfen.

Auch die Förster freuen sich. Tödliche Wildunfälle gehören der Vergangenheit an, da die selbstfahrenden Autos mit einem leistungsstarken Erkennungs- und Frühwarnsystem ausgerüstet sind. Auch die Naturschützer jubeln. Wo nächtens Kröten wandern, bewegen die Selbstfahrer sich keinen Zentimeter weiter. Die Bestände vom Aussterben bedrohter Arten erholen sich langsam. Bleibt zu hoffen, dass die Wildtiere daraus nicht lernen, Autos seien harmlos. Kämpfende Hirsche mitten auf der A1 – weil da so schön viel Platz ist – möchte dann doch niemand, auch wenn das zugegebenermaßen zur Unterhaltung beiträgt.

Blicken wir noch etwas weiter voraus.

Bauarbeiten auf der Autobahn sind immer seltener nötig, denn die neueste Generation der Selbstfahrautos schwebt. Keine Reifen mehr, die die zarte Fahrbahndecke zerstören. Magnetfeld heißt das Zauberwort, und mit ihm kommt auch die Stille. Ein bisschen sphärisches Motorengesumm, das wird alles sein. Hupen ist unnötig. Unschöne Schallschutzwände können abgebaut werden, das entlastet den Finanzhaushalt. Die Straße entwickelt sich zum Naherholungsgebiet.

Doch ich fürchte, der Tag wird kommen, da erfindet jemand das Beamen. Vielleicht wird er sogar Scott heißen, wer weiß? Und das stellt uns vor eine neue Herausforderung. Denn was machen wir dann mit tausenden Kilometern Autobahn, die keiner mehr braucht?

★

TOSKANATRAUM

Hanni fand das Büchlein damals auf einem Flohmarkt. Handliche Größe, viele leere Seiten, etwas angegilbt, aber von guter Papierqualität. Der Einband aus geprägtem Leder, verziert mit Kompassen, astrologischen Zeichen und anderen, unbekannten Symbolen. Es gefiel ihr. Das sollte ihr Reisetagebuch werden, beschloss sie.

Es wurde ihr Begleiter in jedem Urlaub, Geheimnisbewahrer für alle Ereignisse, die sie mit ihrer kleinen Handschrift eintrug, um beim Schreiben gleichzeitig nachzudenken und das Erlebte zu reflektieren. Über viele Jahre war sie im In- und Ausland unterwegs, bis die Reiselust irgendwann nachließ und andere Prioritäten in den Vordergrund rückten.

Es war der Abend vor ihrem fünfzigsten Geburtstag. Hanni hatte seit zwei Tagen gebacken und gekocht, um alles für die morgige Feier vorbereitet zu haben. Jetzt war sie endlich fertig, saß in ihrem Lesesessel und gönnte sich ein bisschen müßiges Herumblättern in alten Büchern, um abzuschalten. Ihr Mann würde erst später wiedererscheinen, er hatte sich zu seinen Kumpanen in die Kneipe verzogen, als ihm Hannis hausfrauliche Tätigkeiten zu viel wurden. Wenn er nachher, bierselig und wahrscheinlich auch streitsüchtig, nach Hause kam, wollte sie schon im Bett liegen und schlafen, unansprechbar.

In ihrer Büchersammlung zu stöbern bereitete Hanni immer ein zufriedenes Gefühl. Auch heute gönnte sie sich diesen Moment. In der zweiten Reihe hinter den Romanen ertasteten ihre Finger das Reisetagebuch. Hier war es also gelandet. Sie zog es hervor. Das hatte sie nicht mehr in der Hand gehalten seit …

sie überlegte ... ja, seit sie damals aus Kiel zurückkam, an der Hand einen Verlobungsring, den Kopf voller Liebesschwüre und des Liebsten Versprechungen, wie man gemeinsam die Zukunft gestalten wollte.

Die Zukunft. Sie befand sich nun mitten darin, und sie hatte keinerlei Ähnlichkeit mit der, die sie und Jörn einmal beschlossen hatten. Im Rückblick war jetzt klar zu erkennen, dass er in ihrer Beziehung subtil aber beharrlich das Ruder übernommen hatte. Zwar ging der Kurs Richtung Ehehafen, allerdings hatte Jörn einen anderen Liegeplatz angesteuert. Nämlich den, wo auch Schiffe namens Veronika und Marie ankerten.

Hanni blätterte zurück. Warum eigentlich hatte sie Jörn damals das Jawort gegeben? Vielleicht weil sie dachte, ihre Zeit läuft ab und sie hätte sowieso keine Chancen mehr, jemanden anderen zu finden?

Tja, tatsächlich hatte sie sich immer schwergetan, emotional bei jemandem sesshaft zu werden. Nur bei einem, da bereute sie es jetzt, dass sie sich von ihm zurückgezogen hatte. Sie hielt sich für zu jung damals, wollte noch so viel von der Welt sehen, noch viele andere Menschen kennenlernen. Erst später wurde ihr bewusst, dass sie all das auch mit ihm zusammen hätte haben können. Aber da war es zu spät.

Sie blätterte weiter zurück. Da – zwei Wochen im Mai in der Toskana. Sie las die alten Texte, ihre Augen verschwammen, und sie fühlte ein Ziehen in der Magengegend. Warum sich quälen, sagte sie sich, vorbei ist vorbei.

Gerade wollte sie das Reisetagebuch zurück an seinen Platz stellen, da bemerkte sie, dass sein Einband ganz warm geworden war. Es fiel ihr aus der Hand und öffnete sich von selbst wieder an der Textstelle, wo sie Antonio zum letzten Mal traf, um ihm Lebewohl zu sagen. Eine Wolke aus Licht stieg daraus empor, das klare Licht der Toskana an einem sonnigen Tag im Mai. Sie konnte den Duft der Blumen und Pinien wahrnehmen und hörte das Gurren der Tauben, die die Piazza bevölkerten. Dort saß Antonio in der Bar und wartete auf sie.

Hanni brauchte keinen Moment nachzudenken. Sie band ihre Schürze ab und ging in die Wolke. Es flackerte, Wärme umfing sie, und sie fühlte sich in einen jüngeren Körper hineinschrumpfen. Gleichzeitig verblassten die Erinnerungen an Kiel und an Jörn, wie ein Traum, an den man sich kurz nach dem Aufwachen noch erinnert, den man aber nicht festhalten kann.

„Ciao, cara mia", sagte Antonio. „Un caffè? Es wird wohl unser letzter sein. Ich habe gesehen, der Reisebus ist schon da."

„Ja, ich habe alles gepackt, und sie laden gleich die Koffer ein. In einer Stunde ist Abfahrt."

„'Anni, amore mio", setzte Antonio an und nahm Hannis Hände in die seinen. „Hast du es dir noch einmal überlegt? Ich weiß nicht, was ich dir noch sagen soll, damit du bleibst. Meine Eltern lassen dich auch grüßen, sie würden sich sehr freuen. Die ganze Familie würde sich freuen. Es ist genug Platz für uns, sie geben uns die ganze zweite Etage im Stadthaus in Firenze. Bruno vermisst dich, er bellt und jault schon den ganzen Morgen. Ich vermisse dich … ich bin nur nicht so laut wie er."

Hanni fühlte ihre Haut kribbeln, es rauschte in ihren Ohren. Sie drückte Antonios Hände, lächelte und nickte wortlos. Der Kloß im Hals machte es schwierig zu sprechen, aber dann schaffte sie doch ein paar leise Worte.

„Ich bleibe. Lass uns gehen und meine Sachen holen."

Weit im Norden, auf einem Campingplatz am Meer, erwachte ein Junge namens Jörn in einem fremden Zelt, im Arm ein Mädchen, an das er sich nur verschwommen erinnerte. Wie war noch ihr Name? Veronika? Oder doch Marie?

★

KRÄUTERKUNDE FÜR FORTGESCHRITTENE

In ihrem Kräutergarten ging Hildegard von Bingen über den sauber geharkten Weg, die Hände unter den weiten schwarzen Ärmeln gefaltet. Hin und wieder löste sie diese Verbindung, wenn sie ihrer jungen Begleiterin etwas zeigte. Dann erschien eine Hand, die davon zeugte, dass ihre Besitzerin sie trotz aller Zartheit schon oft schmutzig gemacht hatte.

Elisabeth Steinhauer lebte noch nicht lange hier im Kloster, und vielleicht würde sie das Gelübde auch nie ablegen, da war sie noch nicht sicher. Aber lernen wollte sie, von der besten Kräuterkundigen weit und breit. Ihre älteren Schwestern waren durch Heirat und Erbe bereits gut versorgt, doch ihr selbst schwebte ein anderer Weg vor.

Als Hildegard gerade die Verwendungsmöglichkeiten für Eibisch erklärte, näherte sich vom Haus her mit eiligen Schritten eine Nonne. Da sie ihre Hände ebenfalls in den Ärmel verbarg, wirkte ihr Gang seltsam ungelenk, der Schleier wehte hinter ihr her. Ihr Gesicht drückte Empörung aus.

„Er ist wieder da!" rief Schwester Benedicta schon aus einiger Entfernung. „Dieser unangenehme Zeitgenosse, dieser Kaufmann aus Staudernheim. Er steht draußen und verlangt wieder ein Heilmittel für seinen nichtsnutzigen Sohn!"

„So nichtsnutzig nun auch wieder nicht", milderte Hildegard die Beurteilung. „Immerhin hat er große Hilfsbereitschaft bewiesen, als unsere liebe Elisabeth neulich von diesem Betrunkenen belästigt wurde. Ohne seinen Beistand hätte das übel ausgehen können."

Die errötende Elisabeth taktvoll ignorierend, fügte die Nonne hinzu: „Und für sich selbst will der Mann eine Flasche Würzwein, zu besseren Verdauung, sagt er." Ihre Miene zeigte deutlich, welchen Wahrheitsgehalt sie dem beimaß.

Daraufhin neigte Hildegard sanft den Kopf und lächelte. „Seine Verdauung, soso. Ja, das kann ich mir denken. Das Essen auf seinem Tisch ist zu reichlich, zu fett. Zu viel Fleisch, jeden Tag Süßspeisen. Doch zum Glück kenne ich die richtigen Kräuter, die ihm helfen."

Sie nickte der Nonne zu. „Benedicta, geh schon vor in meine Küche und schüre das Feuer, ich will mit Elisabeth noch schnell ein paar frische Stengel pflücken."

Als Hildegard von Bingen wenig später ins Halbdunkel der Klosterküche trat, die ihr auch als Labor diente, wartete schon Schwester Benedicta neben der Feuerstelle, über der ein Topf hing. Erste Dampfkräusel stiegen daraus auf.

Sie stellte einen mit verschiedensten Pflanzenteilen gefüllten Korb auf den langen Arbeitstisch. Elisabeth hatte sie mit einigen anderen Aufgaben betraut und weggeschickt. Das hier sollte sie besser nicht mitbekommen.

Eine Weile standen die beiden Frauen still nebeneinander, sortierten das Mitgebrachte und hingen ihren Gedanken nach.

„Ist es immer noch so, dass er seine Geschäftspartner übervorteilt?" murmelte Hildegard, während ihre Hand suchend über dem Gepflückten schwebte.

„Ja, das tut er. Gute Ware darf etwas kosten, aber seine weist oft Mängel auf, die er jedoch bestreitet."

Die Hand verharrte über einigen Blättern. Sie landeten mit einer Auswahl anderer in der nun siedenden Flüssigkeit.

„Und seine Untergebenen? Bezahlt er sie immer noch so schlecht?"

„Sie arbeiten wahrlich für einen Hungerlohn. Großzügig ist er nur mit Schelte und Schimpfworten. Selbst seine Lieferanten klagen über ihn."

Die Hand fügte den Blättern im Topf einen Stengel hinzu, aus dem milchiger Saft tropfte. „Wie geht es seiner Frau? Ist sie wohlauf?"

>*Seufzen*< „Ich besuchte sie gestern. Die Schwangerschaft setzt ihr zu. Das wäre ihre zwölfte Geburt."

Die Hand warf entschlossen einige unscheinbare Blüten in die brodelnde Brühe. Dann winkte sie Richtung Tür.

„Gut, das hier braucht noch eine Weile. Ich gebe noch dies und jenes hinzu, dann muss es abkühlen und abgeseiht werden. Dieser Würzwein wird den Kaufmann sicher auf andere Gedanken bringen. Sein Junge braucht nichts, für den mag es Heilmittel genug sein, wenn Elisabeth die Flasche hinbringt. Bitte schick sie in einer Stunde zu mir."

„Sehr gerne, Ehrwürdige Mutter."

Während Schwester Benedicta mit zufriedenem Gesichtsausdruck davoneilte, ergänzte Hildegard von Bingen das Gebräu um einige Zutaten aus ihrem Vorrat.

Man betrachte nie das körperliche Gebrechen allein, immer ergänze man das Bild durch Geist und Seele, ging es ihr durch den Kopf. Gegen Dummheit war leider kein Kraut gewachsen, auch nicht gegen Überheblichkeit, Gier und Ignoranz. Direkt schaden würde dem Kaufmann sein Wein nicht, aber er dürfte sich wohl bald wieder vor der Pforte des Klosters Disibodenberg einfinden, um ein Gegenmittel zu verlangen. Die Gelegenheit würde sie zu einem Gespräch mit ihm nutzen, und vielleicht wäre er danach bereit zu der Einsicht, dass Maßhalten in jeder Hinsicht guttat.

★

KENNEN SIE BOMMELS?

Über dem Meer vor der noch namenlosen Landmasse, die wir heute als Arabische Halbinsel bezeichnen, wütete ein Sturm. Gleichzeitig fielen hoch oben über der Wolkendecke Meteoriten vom Himmel; kleine Brocken, die in der Atmosphäre verglühten. Einer von ihnen war größer und erreichte als Feuerball die sich auftürmenden Wogen.

In dem Moment, als er Kontakt mit dem Wasser bekam, wurde er von der anderen Seite vom Blitz getroffen. Der Brocken zerstob in winzig kleine Brösel, die auf den Meeresgrund sanken.

Und dann passierte dort lange, lange Zeit erst mal nichts.

Omar und Yussuf lieferten sich am Strand ein Rennen. Sie hatten gewettet, welcher Hengst der schnellere sei, einfach nur so. Als Söhne reicher Eltern konnten sie unbeschwert ihren Liebhabereien nachgehen, und das hatte alles mit Schnelligkeit zu tun.

Der weißgraue Karam lief mit einer knappen Nasenlänge Vorsprung zuerst über die in den Sand gezogene Ziellinie.

Yussuf stieg ab, strich lachend seinen Gewinn ein und warf dem Stallburschen die Zügel zu. Omar legte er versöhnlich eine Hand auf die Schulter.

„Komm, Bruder, lass uns einen Tee trinken. Morgen könntest du wieder der Schnellere sein."

Sie machten es sich unter dem aufgespannten Baldachin gemütlich, die Dienerschaft reichte Tee und Gebäck, ein wenig abseits wurden die Pferde versorgt. Die Sonne versank am

Horizont, die ersten Sterne zeigten sich, Abendkühle wehte heran, ein Feuer wurde angezündet.

Sie wollten die Nacht hier verbringen und sich vom Wellenrauschen in den Schlaf singen lassen. Am nächsten Morgen wollten sie noch ein Rennen laufen, bevor es zu heiß wurde, und dann zur Stadt zurückkehren, wo ihre Väter sie mit irgendwelchen Aufgaben beschäftigen würden.

„Das Meer leuchtet heute so geheimnisvoll", sagte Omar. „Ich werde niemals müde, es mir anzusehen. Schau, wie die Wellenkämme zu glitzern scheinen. Ein wunderschönes Schauspiel. Davon werde ich träumen."

Die Morgensonne warf lange blaue Schatten. Ungeduldig stampfte Karam im Sand, er war gesattelt und wollte endlich rennen. Die frische Luft kitzelte ihn, die Weite des Strandes lockte.

Yussuf kam heran, um aufzusitzen, ging aber erst einmal rund um sein Pferd herum. Mit einem Augenzwinkern drehte er sich zu den Stallburschen herum.

„Habt ihr euch in der Nacht gelangweilt? Oder hat der Vollmond euch vom Schlafen abgehalten? Aber ich muss schon sagen, die Satteldecke sieht gut aus mit all den Troddeln dran. Lasst sie ruhig so. Doch ich warne euch. Vielleicht will ich bald noch mehr davon."

Die Stallburschen verbeugten sich mit nervösem Lächeln. Sie hatten nicht die geringste Ahnung, wie der bunte Wollschmuck an das Zaumzeug gekommen war. Aber da es ihrem Herrn gefiel, sagten sie lieber nichts.

An diesem Morgen war Omars Hengst der schnellere. Fröhlich packten sie das Lager zusammen und traten den Rückweg nach Hause an, unterwegs machten sie eine ausgiebige Rast in einer zum Hotel umgebauten ehemaligen Karawanserei.

Eine Stunde nachdem sie weg waren, entdeckte der Gärtner Stuhlkissen mit Bommelverzierung. Er brachte sie zum Hausmeister.

„Lass sie dran", sagte der. „Sieht doch nett aus. Bestimmt gefällt es auch den Gästen."

Eine ganze Zeit später, an einem hellen Wintermorgen im Forschungstrakt des Ethnologie-Museums in Hamburg, beugte sich Dr. Jansen über einige Fotos, die auf dem Tisch ausgebreitet lagen. Er nahm seine Lupe und inspizierte bestimmte Stellen genauer. Dann wandte er sich seinem Vorgesetzten zu, der abwartend neben ihm stand.

„Ich kann es mir nicht anders erklären. Das hier sind Aufnahmen vom letzten Jahr – keine Bommel. Diese Bilder dagegen sind neu, erst vor drei Monaten gemacht, als wir dort in Urlaub waren, und alles ist voll von ihnen. Meine Frau sagte, sie habe sogar welche im Koffer gefunden. Und das würde wohl bedeuten …"

Er verstummte und riss die Augen auf. Der Vorgesetzte machte eine beschwichtigende Handbewegung.

„Lass mal, Peer. Ihr wart ja nicht die einzigen Touristen dort. Wenn es sich hierbei tatsächlich um eine neue Spezies handelt, ist sie längst überallhin eingeschleppt worden. Wir sollten weitere Informationen darüber sammeln und mit einer Klassifizierung beginnen, denn die Menge der Erscheinungsformen ist doch beträchtlich."

„Ist schon in Arbeit", brummte Dr. Jansen. Natürlich hatte er sich auf dieses Gespräch vorbereitet und schon recherchiert. Stirnrunzelnd ging er an seinen Schreibtisch und zog die lange Liste der Vorkommen hervor, die er in den vergangenen Wochen erstellt hatte. Es war nur eine erste Auswahl und sicher noch längst nicht alles. Die Forschung daran könnte Ewigkeiten dauern, aber hatten sie eine Wahl? Vielleicht sollte man um zusätzliche Gelder ersuchen, denn es war nicht abzusehen, wohin das noch führen mochte.

Die Auflistung war schon jetzt beeindruckend:

Vereinigte Arabische Emirate: Dichte, mehrfarbige Bommelverzierung an Zaumzeug von Kamelen, Pferden und Eseln sowie an Beduinenzelten, vereinzelt an Kleidung.

Marokko: Vor allem in den ländlichen Gebieten Bommel an
Zaumzeug und Kleidung. Eine Variante mit Perlen und eine
weitere mit Metallplättchen deuten auf die enorme Anpas-
sungsfähigkeit hin.

Frankreich: Auf Flohmärkten tauchen sie zuerst auf, dann
sehr bald im Bereich von Gardinen und Vorhang-Draperien,
gelegentlich auch an Möbeln. Im äußeren Erscheinungsbild
hier eher seidenartig, also bereits weiterentwickelt und hervor-
ragend der Umgebung angepasst.

Italien: Bommel aller Art vornehmlich an Möbeln und Fens-
terdekorationen. Es gibt aber auch ein Foto, das auf einem
Fischmarkt aufgenommen wurde und ein ähnlich geformtes
Objekt zeigt, welches jemand aus dem Meer geholt hat.

Schweiz: Verhältnismäßig geringes Vorkommen, allerdings
ist zu prüfen, in welchem Verwandtschaftsgrad die kugelrunde
Form an den winterlichen Plümmelmützen zu den normalen,
langfransigen Bommeln steht.

Deutschland: Vereinzelte Exemplare an Vorhangschnüren,
dafür umso mehr als Schmuck an Handtaschen, wobei die Entwicklung sich in Richtung Perlen und, ganz neu, Leder bewegt.

Dr. Jansen rieb sich die Augen. Mit ähnlichen Aussagen zu
anderen Nationen setzte sich die Liste fort und würde wohl
auch noch wachsen, je weiter er forschte.

Aus dem bisher zusammengetragenen Material hatte er immerhin folgende Erkenntnisse gewonnen: Praktisch der kom-
plette Orient war mit Bommeln, Troddeln und Quasten übersät. Sie vermehrten sich anscheinend durch Sporen und kamen
mit jedem Klima zurecht. Sie ernährten sich von Partikeln, die
sie mit ihren Fransen aus der Luft filterten, und sie entwickel-
ten unglaubliche Fähigkeiten, sich zu tarnen und der Umgebung anzupassen.

Mit leisem Unbehagen nahm Dr. Jansen das Foto vom italienischen Fischmarkt in die Hand. In seiner Freizeit segelte er gern und dachte auch daran, den Tauchschein zu machen.

Wie groß konnte diese marine Art der Bommel werden, und wovon ernährten sie sich? Vor seinem geistigen Auge erschien der alte Holzschnitt mit dem Kraken, der ein ganzes Schiff in die Tiefe zieht. Die Ähnlichkeit war frappierend. Musste eventuell das Militär hiervon informiert werden?

Dann schaute er zu dem kleinen rosa Wollbommel, der an seiner Schreibtischlampe hing und ganz sacht im Luftzug schaukelte. Seine Jüngste hatte ihn neulich vom Werkunterricht in der Schule mitgebracht und ihm geschenkt. So ein kleines, harmloses Ding …

Mit einem lächelnden väterlichen Blick darauf kehrte Dr. Jansen zurück an den großen Präsentationstisch und griff zu seiner Lupe.

Währenddessen, in der tiefsten Tiefe des Arabischen Meeres, hob sich etwas Großes vom Meeresgrund …

★

Silvesterabend, 22 Uhr. Ich sitze am Tisch und mache mich bereit für einen Ausblick in die kommenden zwölf Monate. Aberglaube? Nein, eher eine inspirierende Meditationsgrundlage für gute Vorsätze. Wie in den vergangenen Jahreswechseln auch breite ich meine Tarotkarten aus, die Rücken nach oben, und wähle drei Stück aus.

Die erste Karte symbolisiert den Ausgangspunkt, das Jetzt. Ich drehe sie um, es ist die Pentakel-Fünf.

Ach ... Der Blick eines Bettlers durch das Fenster von draußen nach drinnen. Hier das kalte, einsame Lebensumfeld, dort die von Kerzenschein erleuchtete Stube mit der Familie am reichgedeckten Tisch. Zwei Welten nebeneinander, scheinbar unversöhnlich voneinander getrennt.

Ich fühle mich irgendwie erwischt. Das ist eine ziemlich treffende Darstellung meiner augenblicklichen Lebenssituation. Es wird Zeit für gute Vorsätze – welche würden sich da anbieten? Darüber sollte ich mal nachdenken.

Die zweite Karte, sie steht für die Ziele, die man sich setzt. Neugierig decke ich sie auf.

Kelch-Zwei. Ein Pärchen, das sich heiter zuprostet. Ich spinne die Geschichte aus der ersten Karte weiter und stelle mir vor, dass der Bettler von eben eine Einladung der Familie erhalten hat, mitzufeiern. Von sich aus wird er vermutlich nicht gefragt haben. Dies könnte vielleicht die Tochter des Hauses sein, die ihn doch ganz nett findet.

Wie deute ich das für mich als Ziel? Hinterm Ofen hervor, raus in die Welt und mehr Teilnahme am öffentlichen Leben? Mehr Geselligkeit?

Klingt gut. Aber welchen Weg gibt es dahin? Das soll mir die dritte Karte sagen, ihre Aussage erklärt das Mittel zur Verwirklichung der Ziele.

Zwischendurch erinnere ich mich an die Bedeutung dieser Nacht und gönne mir ein Gläschen. Sekt um Mitternacht brauche ich nicht, aber immer schon mal wollte ich Eiswein kosten. Für heute habe ich mir eine kleine Flasche davon geleistet.

Wie flüssiges Gold rinnt der Wein durch meine Kehle, breitet sich als wohlige Wärme aus und hinterlässt eine angenehme Geschmackserinnerung, die bald erneuert werden möchte.

Nun weiter. Die dritte Karte also, mal sehen.

„Die Liebenden", eine Karte der Großen Arkana und somit etwas wirklich Bedeutsames.

Ich nehme noch einen Schluck Wein. Das soll der Weg sein? Einfach nur Liebe?

Eine Weile starre ich auf das Bild. Es zeigt eine große, weite Wasserfläche, nur durchbrochen von zwei Inselchen, kaum mehr als Steine, die ein wenig herausragen. Die weibliche Figur steht auf der einen, die männliche Figur auf der anderen. Über den nassen Abgrund hinweg halten sie sich an den Händen. Der Himmel changiert in pastelligen Tönen, einige Vögel schweben hoch oben.

Ich gieße mir Wein nach. Was sagt mir das Bild? Zusammenhalt trotz widriger Umstände? Nein, das ist zu banal. Ich nehme noch einen Schluck. Wirklich lecker, dieser Eiswein.

Ich stelle meinen Blick auf unscharf und konzentriere mich wieder auf das Bild. Die Wasseroberfläche kommt in Bewegung, kleine Wellen mit glitzernden Sonnenreflexen umspielen die beiden Steine.

Ganz klar ist das Wasser, und allmählich erkenne ich, dass die Steine sich in die blaugrüne Tiefe hinab fortsetzen. Ähnlich einem Eisberg befindet sich der größte Teil unter Wasser.

Und jetzt sehe ich es deutlich: Das sind keine zwei Inseln, sondern das ist eine einzige Insel, herzförmig, und ihre oberen zwei Kuppen ragen aus dem Wasser. Es ist ein riesiges, massives Herz, bunt und lebendig wie ein Korallenriff, das frei im Wasser schwebt und oben diese zwei Menschen trägt. Was für eine schöne Symbolik!

Ganz drin bin ich in diesem Bild, spüre die warmen Sonnenstrahlen auf meinem Gesicht und höre die Möwen kreischen. Die Frau winkt mir zu und lächelt, dann wendet sie sich wieder ihrem Partner zu, beide in diesem liebevollen Blick vereint.

Hab' Vertrauen, höre ich ihre Stimmen in meinem Kopf.

Neujahrsmorgen, 5 Uhr. Ich hieve mich mühsam aus dem Sessel, versuche die Benommenheit wegzublinzeln und öffne das Fenster. Der Geruch von Feuerwerkskörpern dringt herein, offenbar habe ich alles verpasst.

Auf dem Tisch steht die leere Weinflasche, die Tarotkarten sind ordentlich in ihr Kästchen geräumt.

Nanu? Wann habe ich das gemacht? Dann fällt mein Blick auf den Wandkalender. Das Januarblatt ist überklebt mit einem Aquarell, das offenbar in den letzten Stunden entstanden ist, meine Malutensilien sehe ich ausgebreitet.

Ein Schriftzug, bunt und schwungvoll, mit pastelligem Hintergrund und einem Schwarm Vögel. Hab' Vertrauen steht da.

Ich blättere. Auch der Februar, der März… alle Kalenderblätter sind neu gestaltet. Mein Herz macht einen kleinen Hüpfer, und ich weiß: Dieses Jahr wird anders.

★

Hans Holderberg war sich nicht sicher, ob es ein gutes Zeichen war oder der Beginn einer kommenden Katastrophe, aber er wusste, dass Blaubeeren nicht in einem solchen Farbton leuchten sollten. Mit der Benennung feiner Nuancen hatte er es nicht so, doch seine Frau hätte das vermutlich als „Karpfenschnauzenblau mit einem Schuss Lavendel" bezeichnet. Da waren auch ein paar helle, ins Türkis gehende Sprenkel, und die Oberfläche schimmerte wie gläsern.

Er pflückte ein paar Beeren und betrachtete sie kritisch. Konnte man sie trotzdem essen? Er könnte dieser Variante einen klingenden Namen geben und sie für den doppelten Preis verkaufen. Blaubeerenkuchen hiermit, Obstsalate, auch Desserts und Joghurts würden sich zwischen anderen farbenfrohen Lebensmitteln ganz neu darstellen. Damit hätte er gute Chancen auf dem amerikanischen Markt, auch die Asiaten mochten interessiert sein.

Andererseits – wenn dies die Auswirkung eines Pilzbefalls war oder einer neuen, noch nicht erforschten Pflanzenkrankheit? Wenn diese Beeren womöglich giftig waren? Durch Insekten konnte so etwas auch übertragbar sein und andere Pflanzen infizieren.

Hans wusste, was „Ökologisches Gleichgewicht" bedeutete und dass es vielerorts sowieso schon damit nicht zum Besten stand. Seine kleine Gartenanlage sollte nicht zum Herd einer sich ausbreitenden Pandemie werden.

Es half nichts. Am besten machte er sich Gedanken darüber, ob er einen Kredit aufnehmen und das Geld für biologische

Analysen der Beeren ausgeben wollte oder ob es einfacher war, die Büsche zu roden und mit etwas anderem neu anzufangen.

Er beschloss, zunächst einer Lebensweisheit seines Vaters zu folgen, mit der er bisher immer gut gefahren war. Der alte Herr war ihm immer ein Vorbild gewesen, auf seine Erfahrung griff man gern zurück.

„Die meisten Probleme werden umso kleiner, je näher man sie betrachtet" pflegte Holderberg senior zu sagen. Hans nahm das wörtlich. Er kramte seine Lupe aus der Schublade, um die Handvoll Beeren einer eingehenden Untersuchung zu unterziehen.

Schon der erste Blick erbrachte die Erkenntnis, dass seine Standardlupe mit dreifacher Vergrößerung hier nicht ausreichte. Hatte er aus seinen früheren Tagen in der Druckbranche nicht noch irgendwo einen Fadenzähler im Schreibtisch? Hans' Suche wurde immer hektischer, je länger sie dauerte. Endlich war das Teil gefunden, es versprach eine zwölffache Vergrößerung.

Die Blaubeere, die seine besondere Aufmerksamkeit erregt hatte, bewegte er unter dem Fadenzähler vorsichtig mit einem Zahnstocher hin und her. Nach einer Weile lehnte Hans sich zurück und rieb sich den verkrampften Nacken. Gar kein Zweifel … er hatte die charakteristischen Formen klar erkannt. Was war mit den anderen Beeren? Sahen die auch so aus?

Er holte einen Block und Stifte und zeichnete. Das war keine besondere Stärke von ihm, aber man konnte zweifelsfrei erkennen, worum es sich handelte.

„Was machst du denn für ein Gesicht? Stimmt was nicht?"

Seine Frau Emmi schaute herein. Das Kompliment für die schicke neue Frisur würde er ihr später machen, jetzt gab es Wichtigeres. Er hielt ihr den Block hin.

Emmi zuckte die Schultern. „Kann ich nicht lesen. Ist das Griechisch?"

„Schau hier durch und sag mir, was du siehst", forderte er sie auf.

Sie schluckte die Enttäuschung über seine offensichtliche Blindheit gegenüber ihrem neuen flotten Äußeren herunter und tat ihm den Gefallen. Sie wusste aus langjähriger Erfahrung, dass er seine Geheimniskrämerei erst aufgab, wenn sie sich voll auf ihn einließ.

„Na schön. Also, da sind kleine Zeichen. Solche wie auf dem Block. Nein … ich glaube, griechische Buchstaben sehen doch anders aus. Vielleicht eine Art Runen? Aber sag mal, wie hast du die so fein auf eine Blaubeere gekriegt?"

Sie sahen sich an. Worte waren gar nicht nötig, ihre Verständigung funktionierte wie ein Blitzlichtgewitter auf höherer Ebene. Emmi, ganz kreative Geschäftsfrau, kehrte zuerst ins Hier und Jetzt zurück.

„Alle Sträucher?"

„Nein, etwa ein Dutzend. Nur die in dem neu angelegten Bereich, ganz außen die Reihe."

„Man kann sie nicht essen, oder?"

„Keine Ahnung, ich habe sie nicht probiert. Untersuchungen würden einen Haufen Geld kosten."

„Also gelten sie nicht als Nahrungsmittel."

„Nein."

„Nein … aber ich habe eine Idee, was sie sein könnten."

„Tatschlich? Lass hören!"

„Erinnerst du dich an dem Rummel um das Maisfeld oben an der Landstraße vor ein paar Jahren? Und das Ding war tatsächlich selbstgemacht. Nur mit ein paar Seilen und einem Brett."

Sie grinsten sich an. Emmi griff nach dem Block. „Ich entwerfe ein neues Etikett", verkündete sie. „Ruf du beim Lenkowitz an, er soll kommen und Fotos machen. Und dann beantragen wir ein Patent für unsere einzigartige Züchtung." Sie blinzelte Hans fröhlich zu. „Das Geld dafür haben wir ruckzuck zusammen. Glaub mir."

Die relativ kleine Ernte von einem Dutzend Blaubeerbüsche war schnell verkauft, doch Emmi hatte mit ihrer Idee einen Nerv getroffen und die richtigen Fäden gezogen. Die Beeren waren nun ein Spiel namens „Botschaften der Aliens", das Liebhaberpreise in astronomischer Höhe erzielte. Die geschmackvoll gestaltete Verpackung enthielt jeweils zwölf einzeln in Kunstharz gegossene Beeren sowie einen Würfel und einen Fadenzähler. Es galt, mittels einer willkürlich zugeordneten Transkription sinnvolle Aussagen aus den Symbolen zu erstellen. Welcher Mitspieler in einer vorgegebenen Zeit die meisten hatte, gewann die Runde.

Der Nachbar, dem das Feld oben an der Landstraße gehörte, schaute vorbei. „Ganz schön viel los bei euch", kommentierte er. „All diese Wissenschaftler und Aliensucher. Selbst bei mir haben sie wieder angeklingelt. Sorgen machen mir allerdings diese Fanatiker, die das alles als Teufelszeug betrachten. Die sollen sich … ja, genau … zum Teufel scheren."

Mit Seitenblick auf das Gewusel bei den Blaubeerbüschen rückte er näher an Hans heran und flüsterte: „Aber sag mal, jetzt ganz unter uns, wie hast du das gemacht? Laserkunst oder was? So viel Aufwand für etwas so Kleines?"

Hans fühlte Emmis Blick auf sich ruhen. Er straffte den Rücken. Selbstverständlich würde er sich an die Vereinbarung halten. Er hoffte, dass die getroffenen Vorkehrungen ausreichten und seine Entdeckung noch lange schützten.

„Es ist ein Spiel, weißt du", sagte er und bot dem Nachbarn einen Beerenschnaps an. „Die Leute spielen gern, und dazu gab es die passende Idee. Mit der Laserkunst liegst du gar nicht so falsch." Sie stießen an und besiegelten damit ihr gegenseitiges Schweigen.

Am Abend, als es auf dem Hof wieder ruhig geworden war, ging Hans hinüber ins Gartenhaus, dessen Einrichtung ein paar ungewöhnliche Ergänzungen erfahren hatte. Zum Beispiel stand jetzt ein Mikroskop auf einem Tisch an der Wand, wo ein Astloch die offene Verbindung zwischen drinnen und draußen bildete. Ein Stück Paketschnur spannte sich von dort direkt bis zum Objektträger.

Hans setzte sich, schaltete die Beleuchtung ein und griff zur Pinzette, mit der er die Spitze eines Katzenhaars handhabte. Das war echte Feinmechanik!

Sein Schachgegner saß schon bereit. Es hatte vergleichsweise wenig Zeit erfordert, auf Basis der Symbole eine Verständigungsmöglichkeit zu finden und sich miteinander anzufreunden. Der Begriff „Kleines Volk" traf es genau.

„Wie war dein Tag?" hatte Kalli – das war nur die Abkürzung eines viel längeren Namens – aus den Symboltäfelchen schon gelegt. Hans schob mit dem Katzenhaar eine Antwort zusammen.

„Sie sind alle neugierig. Aber wir sagen nichts. Ihr könnt hier wohnen, solange ihr wollt. Emmi lässt herzlich grüßen."

„Schön! Dann lass uns spielen. Heute mache ich dich platt!"

„Matt."

„Ja, ja …" Kalli zwinkerte grinsend in das Objektiv. Die körperliche Größe eines Schachgegners hatte ihn noch nie beeindruckt. Auf den darin wohnenden Geist kam es an.

★

ES WAR EINMAL ANDERS

Wie bei den drei Kindern zuvor war auch bei Prinz Othos Geburt der Hofastrologe zugegen, denn das gehörte sich so. In adligen Kreisen ging man gern auf Nummer Sicher, was die Zukunft der Sprösslinge betraf. Einen jüngsten Sohn erwartete man natürlich nicht in der Regierungsnachfolge, sondern eher beim Klerus oder in ausländischem Aufgabenbereich.

Umso überraschender war am nächsten Morgen die Aussage, dass Prinz Otho einmal Herrscher eines Königreiches sein werde, und zwar durch Heirat. Die näheren Umstände seien nicht ganz klar, doch auf jeden Fall habe es mit Blumen zu tun.

Blumen?!

Da der Astrologe seine Deutung nicht näher eingrenzen konnte, wurde beschlossen, des kleinen Prinzen Bildung später um den Themenbereich Botanik zu erweitern, schaden würde das nicht.

Zu Othos zehntem Geburtstag wurde ein großes Zirkusspektakel veranstaltet, zu dem auch eine Wahrsagerin gehörte. Ob sie wohl etwas Näheres über seine Zukunft sagen könne?

Madame Ventimiglia blickte in ihre Glaskugel, murmelte Beschwörungen und vollführte komplizierte Gesten. Sie vertrat die Ansicht, dass Fragesteller etwas geboten bekommen sollten für ihr Geld. „Blumen!" rief sie theatralisch. „Die Blumen des Todes! Sie bedrohen eine schlafende Schönheit, doch Prinz Otho wird sie retten. Sein Gewinn wird die Hand der Schönen sein und ein ganzes Königreich dazu."

Bei Othos achtzehntem Geburtstag war ein Barde zur Unterhaltung der Gäste anwesend. Sein Repertoire an Liedern und

Gedichten war beeindruckend, doch so richtig wach wurden seine Zuhörer, als er die Ballade „Vom schönen Dornröschen" vortrug.

Nach dem Festbankett nahm Othos Vater den Barden beiseite. „Meister Guntram, ist das eine wahre Begebenheit? Die mit der schlafenden Prinzessin? Oder habt Ihr die ersonnen?"

„Jedes Wort ist wahr, so wurde es überliefert, Hoheit. Das alles spielte sich vor vielen Jahren ab, weit südlich Eurer Grenze, doch ist es bisher niemandem gelungen ..."

„Wo genau ist das?"

Keine drei Wochen später stand Prinz Otho am Fuße eines Hügels und ließ seinen Blick vom überwucherten Eingangstor und den gerade noch zu erahnenden Konturen der Nebengebäude bis hinauf zu der bröckelnden Turmspitze schweifen, die aus dem dichten Bewuchs ragte. Falken umkreisten sie.

„Ausgerechnet Rosen", sagte Otho und verzog das Gesicht. „Ich verabscheue Rosen."

„Nichtsdestotrotz ist dies der Ort, an dem sich Euer Schicksal erfüllt", erwiderte Constantino, der Hofnarr, den er zur Begleitung mitgenommen hatte.

„Na schön, sehen wir es uns wenigstens an."

Sie umrundeten den Hügel, fanden aber in der hohen Umgrenzungsmauer keine Lücke oder sonst eine Stelle, um hineinzugelangen. Als sie wieder vor dem Tor ankamen, fuhr gerade ein Mann auf einem Karren vorbei.

„Ja, das ist der einzige Eingang", bestätigte er. „Ich lebe in dem Dorf da unten. Wir kennen diesen verwunschenen Ort nicht anders, meiden ihn aber lieber. So viele mutige junge Männer sind schon hineingegangen, doch nur wenige haben es jemals lebend wieder herausgeschafft. Erst vor zwei Tagen ist wieder so ein armer Teufel dem Traum von Ehre und Reichtum gefolgt. Sein Pferd steht noch in unserem Stall. Ja, ich könnte Euch Geschichten erzählen ... Mir gehört übrigens die Herberge am Ortsrand. Wenn Euch also nach Mahlzeit und

Unterkunft zumute ist anstatt Dornen und Blut, seid herzlich willkommen."

Sie winkten ihm nach. Dann wandte Otho sich wieder dem Tor zu und musterte es kritisch. Wenn all die selbsternannten Retter hier durchgegangen waren, musste es ja zu öffnen sein. Und da es ihm anscheinend bestimmt war …

Schulterzuckend trat er vor und zog an dem großen Eisenring. Tatsächlich schwang das Tor ein Stück auf, bevor die Ranken es an weiterer Bewegung hinderten. Eine Lücke war entstanden, durch die eine schmale Person schlüpfen konnte.

„Mistzeug! Verdammtes grünes Gelumpe!" Mit einem herzhaften Fluch fädelte Otho sich durch dornenbewehrte Stämme und Ranken, an denen er immer wieder hängenblieb. Von außen bot der Hügel zwar einen atemberaubenden Anblick, denn jetzt im Juli standen die Rosen in voller Blüte, umschwärmt von Millionen Bienen, Schmetterlingen und anderen Insekten. Hier unten jedoch, wo nur noch wenig Sonnenlicht ankam, herrschte grüngraues Halbdunkel, der Boden war bedeckt mit verrottendem Laub. Überall krabbelte es. Dem allgegenwärtigen Rosenduft mischte sich eine widerlich-süßliche Note bei, die Otho alarmiert innehalten ließ. Noch aufmerksamer betrachtete er seine Umgebung – und sah überall Leichen. Tote Männer, vermutlich junge Kerle wie er, die sich auf die Suche nach der Schlafenden Schönheit gemacht hatten und hier kläglich gescheitert waren. Manche steckten, noch halb stehend, in den Dornenzweigen fest, andere waren in Auflösung zu Boden gesunken, von den ältesten zeugten nur noch bemooste Knochen. Offenbar hatte es keiner von ihnen auch nur bis hinauf zum Schlossportal geschafft.

Otho tat einen halbherzigen Schritt nach vorn, vertrocknete Zweige – oder waren es Knochen? – knackten unter seinem Stiefel. Eine der traurigen Gestalten vor ihm bewegte den Kopf.

„Ist da jemand? Könnt Ihr mir hier raushelfen? Oder helft Euch wenigstens selbst und bleibt weg von diesem Ort."

„Ich hole Euch raus. Bewegt Euch nicht.“

„Ihr scherzt wohl. Ich habe mich seit zwei Tagen nicht bewegt, noch nicht mal die Mücken und Fliegen verscheuchen konnte ich. Ein Rotkehlchen wollte in meinem Kragen nisten. Heute hat mich die erste Ratte interessiert angesehen.“

Otho griff hinter sich und holte aus dem Rückenhalfter die Wunderwaffe, die er auf Constantinos Anraten mitgenommen hatte: Eine stabile Astschere. Systematisch kappte er Zweige, bis er einen ausreichend großen Durchgang geschaffen und den Fremden freigeschält hatte.

„Könnt Ihr gehen?“

„Ich versuch's.“

Schrittchenweise kehrten sie zum Tor zurück, wo der Narr schon ungeduldig wartete. Otho hatte eine Aufgabe für ihn: „Reite zum Dorf und melde uns in der Herberge an. Dann lass den Bader dorthin kommen, er muss sich diese Wunden ansehen. Da sind auch überall Fliegeneier ... vielleicht Maden ... er soll sein Bestes geben. Der Wirt soll etwas Ordentliches kochen. Wir kommen etwas langsamer hinterher.“

Abends saßen sie bei Wein und einer kräftigen Mahlzeit im Speiseraum der Herberge. Der Gerettete hatte sich als Gerold von der Aue vorgestellt, er trug jetzt viele Pflaster und Verbände und aß, als gäbe es kein Morgen.

„Ich stehe auf ewig in Eurer Schuld“, sage er. „Schlafende Schönheit, was für ein romantischer Unsinn. Der hiesige Regent ist König Adalbert, und da steht die Thronfolge schon fest. Niemand wird von ihm begünstigt, nur weil er eine Ruine voller Rosen durchwandert hat. Wer auch immer da oben vielleicht einmal geschlafen hat, ist mittlerweile von den Ratten gefressen worden, dessen bin ich ganz sicher.“

„Wir sollten ihm den Fall vortragen und ihn bitten, den Hügel zu sperren“, schlug Otho vor. „Die Legende darum hat schon genug Leben gekostet, das Eures Vorgängers sollte das letzte gewesen sein.“

Einige Tage später kamen sie beim Königsschloss an, eine breite Kastanienallee bildete den letzten Wegabschnitt dorthin. Gerade bogen sie von der Straße darauf ein, als lautes Rufen sie stoppte.

„Hilfe! Edle Herren, bitte helft! Er will sie umbringen!"

Um die Ecke des Pförtnerhauses kam eine Zofe gestolpert, atemlos, mit zerrissenem Kleid und Striemen im Gesicht.

„Wo?"

„Da! Hinter der Hecke!"

Bevor Gerold mit seinen schmerzenden Gliedern reagieren konnte, war Otho schon unterwegs. Mit ein paar Galoppsprüngen erreicht er die Hecke und drängte sein Pferd mitten hindurch. Es schob den Mann, der das Mädchen würgte, einfach weg und trat ihm schwer auf den Fuß. Der Prinz sprang aus dem Sattel und streckte ihn mit einem Schlag zu Boden.

Erneut näherte sich eine Gruppe dem Schloss, diesmal etwas größer. Voraus ging Prinz Otho, auf seinem Pferd eine derangiert wirkende junge Dame, die sich gelegentlich hustend an den Hals griff. Hinter ihnen, zu Pferd, Gerold von der Aue, der ein langes Seil hielt, an dessen Ende ein gefesselter Mann humpelte. Schlusslicht bildete Constantino, hinter sich die erleichtert weinende Zofe.

Der Haushofmeister zeigte sich bestürzt, führte sie in ein Audienzzimmer und versicherte diensteifrig, Seine Majestät werde sofort verständigt. Es dauerte auch nicht lange, bis die Tür wieder schwungvoll aufgerissen wurde. König Adalbert, mit hochrotem Gesicht, brauchte jetzt sofort ein Ventil für seinen Zorn.

„Was soll das heißen, Mittagsschläfchen im Garten? Kannst du nicht besser auf meine Tochter aufpassen?" brüllte er die Zofe an.

„Vater, nein! Sie hat gar keine Schuld", warf sich die Prinzessin dazwischen. „Er war's. Er hat mich angegriffen! Mit meinem eigenen Schal wollte er mich erwürgen!" Sie hielt ein zerknülltes buntes Stück Stoff hoch.

„Ach?!" Der König fuhr herum und starrte den Unglücklichen an. „Hatte ich dich nicht kürzlich erst aus der Stadt verbannt, Wenzel Blum? Diesmal werde ich nicht so gnädig sein."

„Er ist auch bloß ein Handlanger", sagte die Prinzessin und legte ihrem Vater die Hand auf den Arm. „Bitte erkenn es doch endlich. Dies und die anderen Unfälle … sie will mich aus dem Weg haben. Prinzessin Margrit steckt dahinter."

Constantino tippte dem vor ihm stehenden Otho auf die Schulter und flüsterte ihm etwas zu. Ein zweifelnder Blick war die Antwort. „Doch, doch", nickte der Narr. „Es stimmt alles überein, vergleicht nur. Hier sind wir genau richtig."

„Nun zu Euch", sprach der König den Prinzen an, nun schon weniger lautstark. „Ihr habt nicht nur meine Tochter, sondern die Kronprinzessin unseres Landes gerettet. Ich bin Euch sehr dankbar. Wie kam es dazu und was hat Euch überhaupt hierhergeführt?"

Otho schaute um sich und hatte seit Wochen das erste Mal das Gefühl, in Zeit und Ort an der richtigen Stelle zu sein. Er lächelte den König an und sagte mit einer Verbeugung: „Euer Majestät, das ist eine lange Geschichte, die ich Euch gern erzählen will. Sie beginnt mit einem Geburtshoroskop."

★

Voller Stolz trat das kleine Mädchen vor, den Blick fest auf die begehrte Auszeichnung geheftet, die es gleich um den Hals tragen würde.

Sie hatte sich bewährt, hatte den älteren Geschwistern und den Erwachsenen bewiesen, dass sie zuverlässig und mutig war.

Ihre erste Jagd – zwar nur erst ganz am Rande und unter Aufsicht der Oma, aber auch sie hatte ihren Teil dazu beigetragen, dass nun alle Familien für mehrere Tage Fleisch hatten. Von nun an würde sie öfter die Jagdgruppe begleiten und weiter lernen dürfen.

„Kiria, meine Tochter, dies ist für dich." Sonnengebräunte Hände näherten sich und legten dem Mädchen die Lederschnur mit dem durchbohrten Hirschzahn um. „Du hast zum richtigen Zeitpunkt die Trommel geschlagen und so die Richtung der Jagd mitbestimmt. Mit dem Treiben fängt es an. Eines Tages wirst du in der Reihe der Jäger stehen und selbst Pfeile abschießen. Mögest du dein Ziel immer treffen."

Mutter und Tochter sahen sich lächelnd an, die Umstehenden brachen in Beifallsrufe aus. Kiria war eins der wenigen Kinder, die die ersten schwierigen Jahre überlebt hatten. Nicht jede Verletzung, nicht jede Krankheit war heilbar.

Niemand wusste das besser als Akulay, deren Zelt immer ein wenig abseits von den anderen stand. Sie hatte schon viele Jahreszeiten kommen und gehen sehen, doch immer noch waren ihre Augen klar, ihr Verstand scharf. Sie kannte jede Pflanze, jedes Tier. Sie konnte das Wetter voraussagen und mit den Ahnen reden. Angeblich wusste sie sogar, was jemand dachte, bevor er überhaupt etwas gesagt hatte.

Bei der kleinen Zeremonie heute war Akulay nicht anwesend, aber sie sah von weitem zu. Sollten die Leute unter sich bleiben. Sie genoss ihren vollen Respekt, wusste aber gleichzeitig, dass ihre Nähe ihnen leises Unbehagen einflößte, da sie ihre Kräfte nicht verstanden.

Akulay verstand sie selbst nicht, doch sie hatte sich damit arrangiert. Sie konnten Gabe oder Fluch sein, das kam auf den Zusammenhang an. Vielen Menschen, und nicht nur denen ihres eigenen Clans, hatte sie schon helfen können, doch jetzt musste sie sich selbst helfen. Sie wollte Kiria aufwachsen sehen, ihr neben der Jagd auch noch andere Dinge beibringen. Hoffentlich blieb ihr dazu genug Zeit. Die Kleine hatte ebenfalls diese gewisse Andersartigkeit, die gute Heilerinnen auszeichnete. Schon bald könnte sie wichtige Aufgaben übernehmen und sie entlasten.

Ganz selten schien es Akulay, als könne sie auch in die Zukunft sehen. Dann empfing ihr Geist in Trance seltsame Bilder, von denen sie niemandem erzählte. Zum Glück würde sie solche Zeiten ganz bestimmt nicht erleben.

Sie nahm ihr Sammelnetz aus fein geknüpften Fasern und ging in Richtung Wald, um ein paar bestimmte Kräuter zu suchen. Solange sie ihre Medizin nahm, war alles gut. Ihre Zeit war endlich, aber gut. Vor allem friedlich. Das wünschte sie auch Kiria und all jenen Frauen, die nach ihr diesen Weg beschreiten würden.

★

Der Beerdigungskaffee war vorüber. Heike verabschiedete die letzten Gäste, dann bestellte sie sich einen Schnaps, während sie darauf wartete, dass man die Abrechnung fertigmachte.

Alle waren sehr nett zu ihr gewesen, in den meisten Gesichtern hatte sie ehrliche Betroffenheit und Anteilnahme erkannt. Doch es fühlte sich auch an wie ein großer Abschied. Nicht nur war Heiner unwiederbringlich dahin, auch seine Seite der Familie würde den Kontakt zu ihr von nun an meiden.

Heike hielt der Bedienung das leere Glas hin, bitte nochmal vollmachen. Wieder grüblerische Gedanken. Hatten sie es gewusst? Und falls ja, wieviel? Schwiegermutters ohnehin sauertöpfischer Gesichtsausdruck war ihr gegenüber noch intensiver geworden, seit jener Begegnung vor zwei Jahren.

Du meine Güte, sagte Heike sich und kippte den Schnaps in einem runter, *das war doch nur ein Fehltritt gewesen. Ein Moment der Schwäche. Und danach habe ich den Typen nie wieder gesehen. Die sollen sich mal alle nicht so haben. Kann mir nicht vorstellen, dass jeder von ihnen einen Heiligenschein trägt. Außerdem habe ich Heiner nicht auf dem Gewissen. Weder habe ich ihn zum Fallschirmspringen ermutigt, noch war ich jemals dabei.*

Doch das Ganze nagte irgendwie weiter an ihr. Sie musste einen Abschluss für sich finden, einen Ausweg aus den ewig um die Frage kreisenden Gedanken, ob ihr Leben anders verlaufen wäre, wenn sie es ihrem Mann gebeichtet hätte.

Zwei Wochen später stand sie an Heiners Grab. Am Tag zuvor war der Stein geliefert und aufgestellt worden, die Bepflanzung hatte man wie vereinbart ausgeführt, alles sah gut aus.

Heike sah sich um. War jemand in der Nähe? Sie ging in die Hocke und gab vor, die Farnwedel in Ordnung zu bringen und den Grabstein abzustauben. Dabei steckte sie schnell ein klein zusammengefaltetes Blatt Papier in den Hohlraum der reliefartig ausgearbeiteten Amphore. So. Nun fühlte sie sich besser. Jetzt konnte sie loslassen. Sie erhob sich, klopfte sich Hände und Mantel ab, ein sowohl echter als auch symbolischer Akt der Reinigung.

Zuhause angekommen, machte sie weiter. Sie stellte mehrere große Tüten bereit und sortierte Heiners Kleidungsstücke hinein. Seine Bierdeckelsammlung fotografierte sie und verpackte sie in Kartons – bestimmt würde sich dafür ein Interessent finden. Toilettenartikel, Medikamente, Auto- und Sportzeitschriften, alles wurde kritisch auf weitere Verwendbarkeit als Spende durchgesehen und bei Nichteignung entsorgt.

Am Abend dieses ereignisreichen Tages ließ Heike sich ein Bad einlaufen. Selbst das Badezimmer hatte an gefühltem Freiraum gewonnen, nachdem sie nicht nur Heiners Sachen, sondern auch die seiner Familie ausgeräumt hatte. Jedes Jahr ein Handtuchset von Schwiegermutter, das verstopfte irgendwann jeden Schrank.

Heike wusste, dass dies nur Äußerlichkeiten waren, aber es hatte ihr das tröstliche Gefühl vermittelt, aktiv ihr Leben gestalten zu können. Denn seit Heiners Unfalltod war sie gefordert, alles selbst in den Griff zu kriegen. Er würde ihr nicht mehr helfen, und darum behielt sie nur ein paar Erinnerungsstücke. Alles andere verdeutlichte ihr nur immer wieder, dass nichts mehr so war wie zuvor.

Nach weiteren zwei Wochen stand sie wieder am Grab, einen Strauß Nelken in der Hand. Wohin am besten mit der Steckvase? Dort zwischen den Bärengraspolstern war eine geeignete Lücke. Lange halten würden sich die Blumen ja nicht … aber sie würde jetzt nicht alle paar Tage hier zum Gießen erscheinen können. Vielleicht sollte sie beim nächsten Besuch ein paar hübsche Kunstblumen mitbringen.

Heikes Blick streifte den Grabstein und blieb an einem hellen Fleck hängen. Auf dem untersten Sockel, im Schatten der Amphore, lag ein Kuvert aus gräulichem Papier. Sie nahm es, ihr Name stand darauf, unzweifelhaft in Heiners Handschrift. Das konnte doch wohl nur ein übler Scherz sein?!

Das Kuvert öffnete sie erst, als sie wieder in dem Café saß, wo sie vor vier Wochen Abschied von Heiner genommen hatte. Es erschien ihr angemessen, sich auch hier mit diesem kuriosen angeblichen Lebenszeichen von ihm auseinanderzusetzen.

Ich wusste es, schrieb er, *doch ich habe nie etwas gesagt. Als Mutter mir damals erzählte, sie habe dich mit jemandem gesehen, habe ich dich verteidigt. Sie drängte mich sogar, ich solle die Scheidung einreichen. Doch auch sie kannte nur einen Teil der Wahrheit, deren Rest du jetzt erfahren sollst. Meine Weste ist alles andere als weiß. Ob es unser Leben geändert hätte, wenn ich es dir schon eher erzählt hätte – keine Ahnung. Seit dem Vorabend unserer Hochzeit bewahrte ich das Geheimnis und sage dir nun, mit tiefem Bedauern: Lisa hat ein Kind von mir. Sie hatte wohl gehofft, mich damit im letzten Moment noch umstimmen zu können …*

Heike ließ den Brief sinken und starrte aus dem Fenster, ohne etwas zu sehen. Lisa. Die Ex, mit der Heiner angeblich schon lange nicht mehr zusammen gewesen war. Die nach der Hochzeit in eine Kleinstadt bei Münster gezogen war. Die jetzt plötzlich durch ein Hintertürchen wieder mitten in ihr Leben rauschte.

… aber ich wollte zu meinem Wort stehen, das ich dir gegeben hatte. Darum schickte ich sie fort und bezahlte. Was du also glaubst, das ich dir verzeihen sollte, ist eine Kleinigkeit gegenüber dem, was ich dich nun bitte mir zu verzeihen. Bitte glaube mir: Ich wollte dich niemals kränken oder belasten.

Heike rechnete zurück. Ihre Verlobungszeit hatte ein knappes Jahr gedauert, so mussten Heiner und Lisa demzufolge

innerhalb dieser Zeit wieder zusammengetroffen sein, wenn sie
ihm zum Hochzeitstermin mitteilen konnte, dass sie schwanger
war. Dieses Kind ging mittlerweile längst zur Schule, während
sie selbst eine Schwangerschaft immer wieder aufgeschoben
hatte, weil es wegen beider Berufstätigkeit gerade nicht passte.

Sie bezahlte ihren Kaffee und ging noch einmal zum Fried-
hof. Die Steckvase zog sie aus der Erde und warf den Nelken-
strauß in den Biomüll. Kunstblumen? Darauf konnte er lange
warten. Mochten sich die Gärtner zukünftig hier um alles kümmern, für sie bekam das einen zu schlechten Beigeschmack.

Ein Letztes noch, bevor sie ging. Heike vergewisserte sich,
dass die Öffnung der Amphore groß genug war, dann zog sie
ihre Ringe von den Fingern und warf sie hinein.

„Kannst sie ja Lisa schenken", brummte sie und machte sich
auf den Heimweg.

Einige Tage darauf, in einer Kleinstadt im Münsterland, lag
ein Kuvert aus gräulichem Papier auf einer Fußmatte.

★

Jan Borges, der Wirt des Gasthauses „Zum fröhlichen Suppentopf", gab seiner Frau einen leichten Schubs. „Geh und bring die Mädchen weg", raunte er mit unbewegter Miene. „Der Kerl könnte Ärger machen."

Grund für seine Beunruhigung war der Mann, der sich gerade unter dem Türsturz hereinduckte. Er war nicht von hier, nicht mal aus der weiteren Umgegend, das sah man ihm sofort an. Jan tippte auf nördliche Herkunft, dafür sprach der Bronzeschmuck – so etwas mochte man dort. Derart helle Haut und weißblondes Haar waren hier ebenfalls selten.

Der Fremde richtete sich auf – ein wahrer Hüne – und sah sich in der Gaststube um. Anscheinend gefiel ihm, was er sah, denn er brummte zufrieden und hob die Hand zum Gruß. Jan sah, wie die Muskeln unter dem dünnen Hemdenstoff sich anspannten. So jemanden wollte man nicht zum Feind haben.

Außer dem Großvater des Schneiders von gegenüber waren noch keine Gäste da. Opa Kammgarn, wie man ihn nannte, kam immer schon lange vor den anderen, damit er die erste Kelle der Mittagssuppe bekam. Derzeit hockte er neben der großen Kochstelle im Hintergrund, wo der Kessel über dem Feuer hing, und beäugte den Neuankömmling wachsam.

„Herr, was kann ich für Euch tun?" sprach Jan den blonden Riesen an. Der riss seinen Blick von dem leise blubbernden Suppenkessel los und fixierte den Gastwirt. Dann sagte er: „Iss will den Topf. Iss kaufe den Topf."

„Aber das geht nicht!" rief Opa Kammgarn entrüstet, denn er sah seine Mahlzeit schwinden.

Der Fremde war immer noch Auge in Auge mit Jan Borges und legte einen Lederbeutel auf die Theke. Es klimperte.

„Iss kaufe den Topf. Iss bessahle gutt."

Jan fühlte, wie ihm der Schweiß ausbrach. Das helle Klimpern klang nach Goldmünzen, und mit Männern wie diesem diskutierte man nicht. Andererseits …

„Selbstverständlich, mein Herr, der Topf sei Euer. Doch sagt mir bitte, warum? Es ist doch nur ein Küchengerät wie jedes andere. Das Interessante daran ist der Inhalt, und der …"

Mit einer Handbewegung gebot der Nordmann dem Wirt zu schweigen. Er kniff ein Auge zu und lächelte, was beinahe einer Grimasse gleichkam. Ein zweiter klimpernder Beutel erschien neben dem ersten.

„Iss kenn Geheimnis. Guter Zzauber, guter Inhalt. Wir versstehen uns?"

Jan verstand überhaupt nichts, lächelte aber tapfer zurück. Zwei Beutel Gold waren zwei Beutel Gold. Er rührte sich nicht vom Fleck, als sein seltsamer Gast zur Feuerstelle ging, die eiserne Halterung herausschwenkte und unter lautem Protest seitens Opa Kammgarn den Suppenkessel herunternahm. Ein weiteres Augenkneifen, kurzes Zusammenfalten vor der Tür, und dann waren sie draußen, der Hüne und die Suppe.

Nach einem Moment schockierter Stille fing Opa wieder an zu lamentieren, und er heulte noch lauter, als Gudrun Borges die Gaststube wieder betrat. Sie hörte dem Alten lächelnd und nickend zu und beschwichtigte ihn: „Ach, macht Euch keine Sorgen, auf eine leckere Suppe müsst Ihr nicht verzichten. Wir haben noch einen anderen Kessel, und ich zaubere Euch darin geschwind eine neue!"

Mit diesen Worten wuselte sie nach hinten in Richtung Speisekammer, und gleich darauf deutete die Geräuschkulisse auf eifriges Gemüseschneiden hin.

„Ja ja, Borges, Euer Weib und ihr berühmter Zauberkessel", krähte Opa, nun wieder gutgelaunt, aus seiner Ecke. „Kochen kann sie wie keine andere, aber dass das ja keiner mal falsch versteht!"

Jan wog die Beutel in seiner Hand und dachte bei sich: Ist schon passiert. Laut sagte er: „Opa, die neue Suppe braucht ja noch einen Moment. Seid so gut und schaut kurz bei Dirk Henner in der Schmiede vorbei. Einen schönen Gruß von mir, und er soll einen neuen Kessel machen."

Schwer beladen bog Gudrun um die Ecke und hängte den Ersatz-Kessel über das Feuer. Während sie Holz nachlegte und einige Blätter aus den Trockengewürzsträußen pflückte, sagte sie im Plauderton: „Das war schon der Zweite! Hab's ganz vergessen – als du neulich den ganzen Tag auf dem Markt warst, kam auch so ein abenteuerlicher Kerl daher. Meinte, er müsse unbedingt meinen Topf haben, und er würde ihn mir auch abkaufen. Ich habe überhaupt nicht verstanden, was er damit wollte. Dann fiel mir ein, dass in der Kammer noch der alte Kessel mit dem kaputten Henkel stand, und den habe ich ihm geschenkt. Was wollen die bloß alle?"

Jan zupfte spielerisch an der weißen Leinenhaube seiner Frau und sinnierte: „Ich habe da so eine Ahnung. Und du solltest ‚zaubern‘ aus deinem Wortschatz streichen, sonst merkt eines Tages jemand, dass nicht der Topf das Besondere ist, sondern die Köchin. Und dich gebe ich für alles Gold der Welt nicht her."

Er zeigte ihr die zwei Beutel. Gudrun machte große Augen, dann kicherte sie: „Dennoch wäre es gut, immer einen Kessel in Reserve zu haben. Die Leute glauben ja doch, was sie glauben wollen. Und manch einem erscheint eine leckere Suppe eben wie Zauberei."

★

Silke Schäfer, Jahrgang 1957, ist gelernte Grafische Zeichnerin und lebt in Duisburg. Gegen Ende ihres regulären Arbeitslebens entdeckt sie die Liebe zum Schreiben. Neben der Arbeit am ersten großen Roman erscheint 2017 ihre Kurzgeschichte „Papiertiger" in der Weltentor-Anthologie *Fantasy*, Noel-Verlag.  2019 folgen Fantasy-Roman „Drachengrün und Rabenschwarz" sowie die Kurzgeschichtensammlung „Fisch gestrichen", für die sie eine ganz neue Fantasywelt erbaut.

Auch in anderen Genres teilt Silke Schäfer sich mit. Der Tierschutz ist ein weiteres Herzensthema, zuhause beflügelt durch ihre FIV-Kater und den Hund. Drei Benefiz-Buchprojekte für die Katzenhilfe Bocholt e.V. und ein Buch über ihre Erfahrungen als Hundehalter-Neuling sind bis jetzt entstanden.

Neuerscheinung in 2024 ist das humorige Büchlein „Stehrumchen", in dem es um die Fundstücke und Hinterlassenschaften der menschlichen Zivilisation geht, die im „Fundiversum" ihre eigene Existenz und Stimme erhalten.

Silke Schäfers Schreibstil ist locker und hintergründig, augenzwinkernd und anklagend, erhellend und zum Nachdenken anregend. Ihr Blick fürs Detail lässt aus Worten ein buntes Kopfkino entstehen und macht neugierig auf mehr.

Weitere Details auf www.silke-schaefer.de

die Welt von Terrandessa

Das kleine Land Anthurien in der fantastischen Welt Terrandessa sieht sich einer Gefahr ausgesetzt, die nach Jahren des Friedens plötzlich wieder auftaucht. Ein Drache will den Thron für sich; die derzeit regierende Königin und ihre Getreuen müssen sich zur Wehr setzen und eine Lösung finden.

In miteinander verflochtenen Erzählsträngen breitet sich die vielschichtige Story aus, mit starken Frauen und tapferen Helden, dazu Abenteuer, Magie, Romantik, Drama und Humor. Epische Fantasy mit den typischen Stilmitteln, doch auch ein paar skurrilen Abweichungen vom Üblichen.

Woher hat der Corlanische Zugbrückenpinkler seinen Namen? Wie wird man zum Drachenflüsterer? Und was hat es mit dem Drei-Insel-Fest auf sich?

Diese und viele andere Fragen werden in dieser Sammlung von Geschichten beantwortet. Helden aus „Drachengrün und Rabenschwarz" nehmen die Leser wieder mit in die fantastische Welt von Terrandessa und lassen sie teilhaben an ihren Abenteuern.

Links zu Leseproben und Bestellung unter www.silke-schaefer.de

Stehrumchen – sie sind aussortiert, weggeworfen, verloren, vom Winde verweht. Die Welt ist voll von ihnen. Im Fundiversum bekommen sie ihre Namen und Geschichten. Das ist nicht seltsamer als sprechendes Geflügel in einer Stadt namens Entenhausen.

„Heelary hoffte inständig, dass man bald auch ihre Zwillingsschwester finden würde. Schließlich hatten sie gemeinsam allerhand durchgemacht."

Bilder, Texte und Kurzge-schichten für Menschen mit Humor und wachen Sinnen.

Facebook-Account „Stehrumchen – die geheime Welt der Dinge"

Geschichten für die Katz'

Heitere Geschichten von Katzen für Katzen, Storys von echten Miezen und ihren Menschen, mit vielen SW-Illustrationen. Dazu Tipps und Tools für den Alltag, kommentiert vom charmanten Kater Raggi, unserem Titelmodell.

Für jedes verkaufte Buch erhält die Katzenhilfe Bocholt e.V. eine Spende von 2,- Euro.

Infos zu meinen Büchern, Bildern, Lesungen etc. auch im Facebook-Account „Silke Schäfer – Schreibgrafik"

Endlich im Ruhestand, endlich ist Zeit für einen Hund.

Jahrzehntelang lebte die Autorin nur mit Katzen zusammen, nun kommt ein Hund dazu. Ein Tierschutzhund, ein Podenco soll es sein.

Die Vorgeschichte dazu, der Weg bis zur Adoption und die ersten hundert Tage des Hundes im neuen Zuhause werden in der Art eines persönlichen Tagebuches erzählt. Darin eingestreut sind kurze Kapitel von A bis Z über spezifische Themen rund um den Vierbeiner.

Eine Liebeserklärung an eine besondere Hunderasse, mit vielen Ideen und Anregungen für Erst-Hundehalter.

Links zu Leseproben und Bestellung unter www.silke-schaefer.de

Alle Bücher sind im Buchhandel über die ISBN bestellbar:

Drachengrün und Rabenschwarz   ISBN 978-3-7481-9304-3   12,99 Euro
Fantasy-Roman aus Terrandessa, 400 Seiten, auch als E-Book

Fisch gestrichen   ISBN 978-3-7504-2532-3   10,99 Euro
Fantasy-Kurzgeschichten aus Terrandessa, 168 Seiten, auch als E-Book

Stehrumchen   ISBN 978 3 7693 0806 8   14,80 Euro
Die geheime Welt der Dinge, Geschichten aus dem Fundiversum,
72 Seiten, mit Farbabbildungen, auch als E-Book

Felimania   ISBN 978-3-7526-4344-2   12,80 Euro
Anthologie, Benefizprojekt, Katzengeschichten und Tipps, 224 Seiten

Miezologie   ISBN 9 783750 432963   12,80 Euro
Anthologie, Benefizprojekt, Katzengeschichten und Tipps, 220 Seiten

Catfluence   ISBN 9 783769 320107   12,80 Euro
Anthologie, Benefizprojekt, Katzengeschichten und Tipps, 212 Seiten

Podenco für Anfänger   ISBN 978-3-7557-3955-5   12,80 Euro
Der erste Hund – Tagebuch über Vorbereitung und die ersten 100 Tage,
244 Seiten, auch als E-Book

Ebenfalls versandkostenfrei bestellbar im BoD-Buchshop, über die Links
auf meiner Website www.silke-schaefer.de